WILLIAM SHAKSPEARE

Le Songe d'une Nuit d'Eté

Traduction libre, prosaïque et rythmée par

RENÉ-LOUIS PIACHAUD

Genève — Editions A. Ciana
3, Rampe de la Treille
1923

Beuy Sautier

WILLIAM SHAKSPEARE

Le Songe d'une Nuit d'Eté

Traduction libre, prosaïque et rythmée par

RENÉ-LOUIS PIACHAUD

Frontispice dessiné et colorié à la main par Benjamin Vautier.

GENÈVE

ÉDITIONS A. CIANA

3, RAMPE DE LA TREILLE

1923

DRAMATIS PERSONÆ

THÉSÉE, duc d'Athènes. — ÉGÉE, père d'Hermia. — LY-
SANDRE, DÉMÉTRIUS, amants d'Hermia. — PHILOSTRATE,
ordonnateur des divertissements.

Pierre COGNASSE, charpentier. — MIGNON, menuisier.
— Nicolas MESFESSÉS, tisserand. — François FLUTIAU,
raccommodeur de soufflets. — NIFLET, chaudronnier. — Robin
CLAQUEDENT, tailleur.

HIPPOLYTE, reine des Amazones, fiancée de Thésée. —
HERMIA, fille d'Égée, éprise de Lysandre. — HÉLÈNE, éprise de
Démétrius.

OBÉRON, roi des lutins. — TITANIA, reine des fées. — ROBIN
BON-ENFANT, FLEUR-DES-POIS, TOILE D'ARAGNE, PHA-
LÈNE, GRAIN-DE-MOUTARDE, lutins.

PYRAME, THISBÉ, LA MURAILLE, LE CLAIR DE
LUNE, LE LION, LE PROLOGUE, personnages de l'intermède
joué par les clowns.

LUTINS et FÉES de la suite d'Obéron et de Titania.

SUITE de Thésée et d'Hippolyte.

La scène est dans Athènes et dans un bois voisin.

Le Songe d'une Nuit d'Eté

ACTE PREMIER

SCÈNE I

Athènes. Une salle du palais de Thésée.

Entrent THÉSÉE, HIPPOLYTE, PHILOSTRATE, et la suite de Thésée.

THÉSÉE. — Belle Hippolyte ! Enfin, l'heure de nous unir approche ! Quatre heureux jours vont amener une autre lune ; mais celle-ci est bien lente à décroître au gré de mes désirs plus tendres d'heure en heure ! Vieille lune ! à mes yeux lente à s'évanouir, comme est lente à mourir, au gré de son jeune héritier, la marâtre ou la douairière dont il n'aura son bien qu'il ne l'ait mise en terre.

HIPPOLYTE. — Mais quatre jours ont bientôt fait de sombrer dans les nuits ; quatre nuits brèves font fuir le temps comme en songe. Et l'autre lune, alors, comme un arc d'argent neuf, nous luira dans le ciel d'une nuit solennelle.

THÉSÉE. — Va, Philostrate ; invite aux divertissements la jeunesse athénienne. Réveille les esprits agiles de la joie et renvoie la tristesse aux cortèges funèbres : cette compagne-là n'a rien à faire dans nos fêtes. *(Sort Philostrate.)* Hippolyte ! C'est le glaive à la main que je t'ai fait ma cour, et tu ne m'as aimé que meurtrie et vaincue. Mais nous nous unirons sous de plus doux présages, parmi la pompe triomphale, l'allégresse...

(Entrent Egée, Hermia, Lysandre et Démétrius.)

EGÉE. — Soyez heureux, illustre Thésée, notre duc.

THÉSÉE. — Merci, merci, mon brave Egée. Que nous veux-tu ?

Egée. — Je viens, Seigneur, le cœur lourd d'amertume, me plaindre à vous de mon enfant, de ma fille Hermia. — Venez, Démétrius. Noble Seigneur, il a pour l'épouser tout mon assentiment. — Vous, Lysandre, avancez ! Et celui-ci, duc très clément, celui-ci m'a charmé le cœur de mon enfant ! Oui, oui ! c'est toi, Lysandre, toi qui lui as fait des vers ; vous avez échangé des gages de tendresse ; tu es venu sous sa fenêtre, au clair de lune, chanter d'une mourante voix des vers d'amour perfides ! Tu l'as séduite, tu lui as tourné la tête, avec des bracelets de tes cheveux, avec des bagues, et des hochets et des colifichets, avec des douceurs et des fleurs, d'un effet trop certain sur sa tendre jeunesse ! Ah ! tu as vite eu fait de me voler son cœur et d'en bannir l'obéissance et le respect ! Ah ! que tu as bien su armer ma fille contre moi ! — Par devers vous, duc très clément, je viens me réclamer d'antiques privilèges : ma fille m'appartient, je peux disposer d'elle. Or, de deux choses l'une : ou bien ma fille épousera Démétrius, ou c'est avec la mort qu'elle se mariera, et tout de suite, en vertu de nos lois qui ont prévu le cas, et qu'on appliquerait sans délai la sentence !

Thésée. — Qu'en dites-vous, Hermia ? Prenez bien garde, belle enfant ! Songez donc, qu'il convient obéir à son père comme on obéit à un dieu. Avec la vie, vous lui devez vos charmes. Vous êtes, dans ses mains, comme une cire molle et par lui façonnée dont il peut abolir la forme, s'il lui plaît. Voyons : Démétrius est de bonne maison ?

Hermia. — Lysandre aussi.

Thésée. — Il est vrai. Mais il a contre lui votre père, et c'est Démétrius qu'il vous faut préférer.

Hermia. — Ah ! si mon père pouvait voir avec mes yeux !

Thésée. — C'est bien plutôt à vous de rentrer dans ses vues.

Hermia. — Que Votre Grâce me pardonne, je ne sais quel pouvoir m'enhardit devant Elle jusqu'à faire que j'ose exposer à ses yeux ma pensée toute nue ; mais je conjure Votre Grâce de m'apprendre les pires châtiments que je puis encourir, si je refuse d'épouser Démétrius ?

Thésée. — Jeune Hermia, il faudrait mourir ; ou bien alors, renoncer sans retour au commerce des hommes. Jeune Hermia, voyez donc où vos désirs vous mènent, pensez à la jeunesse impérieuse de vos sens. Et, si vous rebutez les vœux de votre père, croyez-vous bien pouvoir prendre sans frissonner la robe de nonnain ; puis, captive dans l'ombre étroite du moutier, chantant des hymnes vains à la lune stérile, vous résigner à vivre là toute la vie ? Certes, heureuses et trois fois bénies, nos sœurs pieuses qui surent, refrénant les ardeurs de leur sang, accomplir jusqu'au bout le blanc pèlerinage ! Pourtant, selon ce monde, la rose est plus heureuse qu'on a cueillie et qu'on distille, et dont l'âme parfume une subtile essence, que celle qui éclôt, s'épanouit, et puis s'effeuille, n'ayant fait que languir sur son épine vierge en des béatitudes solitaires.

HERMIA. — Mieux vaut vivre comme elle et comme elle passer, que de laisser Démétrius prendre ma fleur et de subir la loi d'un maître détesté !

THÉSÉE. — Prenez le temps d'y réfléchir. Attendons la lune nouvelle, et le jour qui m'unit à mes chères amours dans les nœuds d'un serment que rien ne défera. Hermia, préparez-vous dans votre cœur à mourir ce jour-là, pour avoir refusé d'écouter votre père ; ou bien alors, à épouser Démétrius ; ou bien encore, à prononcer sur l'autel de Diane les vœux de chasteté et de vie solitaire.

DÉMÉTRIUS. — Ma douce Hermia, laissez-vous attendrir. Et toi, Lysandre, cesse à la fin d'opposer à mes titres certains tes droits imaginaires.

LYSANDRE. — Mais, puisque vous avez pour vous l'amour du père, Démétrius, épousez donc le père et laissez-moi la fille.

EGÉE. — Oui, Lysandre insolent, certes, il a mon amour et, ce qui est à moi, mon amour le lui donne. Voici ma fille ; tous les droits que j'ai sur elle, je les passe à Démétrius !

LYSANDRE. — Je descends, Monseigneur, d'une maison qui vaut la sienne et j'ai du bien autant qu'il peut en posséder ; mon amour est plus vrai, plus fort que son amour ; ma fortune est placée avantageusement, aussi bien que la sienne, et peut-être encore mieux ; enfin, ce qui prévaut contre ses vantardises, j'ai su me faire aimer de l'aimable Hermia. Pourquoi, dès lors, irais-je abandonner mes droits ? Démétrius, je ne crains pas de le lui dire en face, a serré de fort près la fille de Nédar, Hélène ! Il s'est fait aimer d'elle et maintenant, la pauvre enfant ! elle aime à la ferveur et à l'idolâtrie ce frivole gredin, le plus taré des hommes !

THÉSÉE. — Oui, je dois l'avouer, je l'ai entendu dire et j'en voulais entretenir Démétrius. Trop occupé de mes propres affaires, j'ai laissé d'y songer. Allons ! venez, Démétrius. Venez aussi, Egée. J'ai pour vous deux des instructions particulières. Et vous, belle Hermia, prenez soin d'accorder votre caprice aux volontés de votre père ; autrement, la règle d'Athènes, que nous n'avons aucun moyen d'atténuer, vous condamne à la mort ou à la chasteté. Venez, belle Hippolyte ! Comment vous va, mon cher amour ? Allons, Démétrius ; Egée, allons ! Venez donner la main à l'apprêt de mes noces ; et j'ai dessein de vous entretenir aussi sur un sujet qui doit vous toucher de fort près.

Egée. — Seigneur, ce devoir de vous suivre est pour nous un plaisir. *(Sortent Thésée, Hippolyte, Egée, Démétrius.)*

Lysandre. — Qu'avez-vous, mon amour ? Votre joue a pâli ; je viens d'en voir soudain les roses se flétrir.

Hermia. — Ah ! si la pluie leur manque, hélas ! je saurai bien leur verser de mes yeux un orage de pleurs.

Lysandre. — Jamais, hélas ! jamais, dans aucun livre je n'ai lu — je n'ai jamais ouï dire non plus — que l'amour puisse en paix se donner libre cours. Il rencontre toujours quelque obstacle : tantôt, c'est l'inégalité du hasard des naissances...

Hermia. — Quel déplaisir : devoir s'assujettir à plus humble que soi !

Lysandre. — Et tantôt par le fait d'âges mal assortis...

Hermia. — Ah ! quel dépit : connaître sa vieillesse et voir qu'on est uni à trop jeune pour soi !

Lysandre. — Ou ce sont les parents qui décident sans nous...

Hermia. — Hé ! peut-on voir l'amour avec les yeux des autres !

Lysandre. — Et, même si leurs vœux rencontrent nos désirs, n'a-t-on à craindre encore que la mort ou la guerre, ou bien la maladie n'assaillent nos amours, ne viennent les réduire à rien, ne les rendent, pour nous, furtifs à l'égal d'un murmure, rapides comme l'ombre ou plus vains que le rêve ? C'est un éclair : il fend toute la nuit, mais vous n'avez pas dit *Voyez !* que la nuit noire a bu l'éclair. Ah ! nos plus clairs bonheurs sont bien prompts à s'éteindre !

Hermia. — Hé bien ! si le destin veut que les vrais amants se voient dans tous leurs vœux longtemps contrariés, alors, acceptons-le ; prenons nos revers en patience, puisque c'est un tribut que l'on doit à l'amour, qu'il faut bien qu'on lui paie, et qu'il attend encore de nous, qui lui avons donné déjà tant de soucis, tant de soupirs, tant de désirs, tant de sanglots, ordinaires effets de nos pauvres chimères !

Lysandre. — C'est très bien dit ; écoute donc, Hermia. J'ai une tante, qui est veuve et douairière. Elle est très riche, elle n'a pas d'enfant, et me chérit comme elle chérirait un fils unique. Sache que sa maison est à sept lieues d'Athènes ; ô mon Hermia, c'est là que nous nous marierons sans que les dures lois nous y puissent poursuivre. Mon Hermia, si tu m'aimes, tu fuiras demain soir la maison de ton père. Moi, hors la ville, dans le bois, à une lieue d'ici, à l'endroit même où je t'ai rencontrée un jour qu'avec Hélène tu allais saluer une aube de mai, je t'attendrai.

Hermia. — Ah ! cher Lysandre, je te jure par le plus éprouvé des arcs de Cupidon et par la pointe d'or de sa meilleure flèche ; par l'innocence des colombes de Vénus et par la déesse elle-même qui noue et qui protège les amours ; par les feux dont brûla la reine de Carthage quand on vit le Troyen perfide faire voile ; enfin, Lysandre, je te jure par tous les grands serments que les hommes trahirent, et les femmes jamais n'en ont fait autant qu'eux, Lysandre, je te jure que je viendrai demain te joindre où tu m'as dit.

Lysandre. — Tiens ta promesse, mon amour... Regarde : Hélène !

(Entre Hélène.)

Hermia. — Dieu vous protège, Hélène, belle Hélène ! Où allez-vous ?

Hélène. — Belle ? Vous avez dit : belle ? Qui, moi ? Ah ! ne me parlez pas de ma beauté, Démétrius aime la vôtre, ô beauté trop heureuse ! Vos yeux ont plus d'attraits que deux belles étoiles ! Votre voix douce est plus harmonieuse que n'est pour les bergers le chant des alouettes, quand lève le blé vert et fleurit l'aubépine. Hélas ! la maladie, seule, est contagieuse ; belle Hermia, que n'en va-t-il ainsi de la beauté ! Avant de vous quitter, je vous prendrais votre beauté ; et l'éclat de vos yeux passerait dans mes yeux ; ma voix se ferait douce à l'égal de la vôtre. Que si le monde était à moi, je donnerais tout, sauf Démétrius, pour être à votre place ! Enseignez-moi comment peuvent vos yeux jeter de tels regards, et par quel art vous savez faire battre pour vous le cœur de mon amant !

Hermia. — J'ai beau le rebuter toujours, il m'aime encore.

Hélène. — Que vos dédains ne veulent-ils, à mes sourires, enseigner leur attrait !

Hermia. — Il n'a jamais rien eu de moi que des outrages et toujours il répond en m'offrant son amour.

Hélène. — Mes prières, à moi, n'ont pas su l'émouvoir.

Hermia. — Et plus je le déteste, et plus il me poursuit !

Hélène. — Hélas ! Et plus je l'aime, et plus il me déteste !

Hermia. — Hélène, je ne suis pour rien dans sa folie.

Hélène. — Votre seule beauté l'a causée, Hermia. Que je voudrais que votre faute fût la mienne !

Hermia. — Rassurez-vous : Démétrius ne me reverra pas.

Lysandre et moi, nous allons fuir Athènes. Pourtant, avant le jour que j'ai connu Lysandre, Athènes me semblait un paradis sur terre. Oh ! quel charme profond réside en mon amour qui, soudain, m'a fait voir dans le ciel un enfer ?

Lʏsᴀɴᴅʀᴇ. — Nous allons tout vous découvrir, Hélène. Nous fuyons, demain soir, à cette heure où Phœbé mire son clair visage au miroir de la mer et fait dans l'herbe aiguë luire des perles d'eau. Nous attendrons la nuit complice et l'heure favorable aux amants qui s'enfuient pour franchir sans retour les portes de la ville.

Hᴇʀᴍɪᴀ. — C'est dans le bois où nous avions accoutumé de nous aller coucher toutes deux mollement, parmi les primevères, pour soulager nos cœurs de leurs tendres secrets, c'est là que nous devons, Lysandre et moi, nous joindre. Puis, détournant nos yeux d'Athènes à jamais, nous chercherons ailleurs une patrie nouvelle et de nouveaux amis. Adieu, compagne de mes jeux d'antan, et prie pour nous ! Puisse un heureux destin te rendre ton amant. Toi, mon Lysandre, tiens bien ta promesse. Jusqu'à minuit, demain, au cœur de la nuit noire, il faut priver nos yeux de la joie de nous voir.

Lʏsᴀɴᴅʀᴇ. — Je te tiendrai parole, Hermia ! *(Sort Hermia.)* Hélène, adieu. Et que Démétrius vous rende tant d'amour que vous avez pour lui !

(Sort Lysandre.)

Hᴇ́ʟᴇ̀ɴᴇ. — Ah ! qu'il y a des gens bien plus heureux que d'autres ! Tout le monde s'accorde ici à me trouver aussi belle qu'elle peut l'être. Mais, quoi ! Démétrius n'est pas du même avis, et ma beauté, que tous ont reconnue, lui seul refuse de s'y rendre. Nous sommes bien, tous deux, fous autant l'un que l'autre, lui, de s'être noyé dans les yeux d'Hermia, et moi, d'aimer encore et d'admirer cet homme. Mais l'amour voit en beau les choses les plus viles ; c'est qu'il voit par le cœur et point avec les yeux : voilà pourquoi on nous peint Cupidon pourvu d'ailes et privé d'yeux. Non, l'amour n'a jamais ni goût ni jugement : des ailes et point d'yeux, voilà symbolisées son inconstance et sa témérité. On peut le dire : Amour est un enfant ; comme un enfant, Amour choisit à l'étourdie. Tels entre eux les gamins farceurs se mentent, dans leurs jeux, Amour partout et toujours se parjure ! Ainsi, devant qu'il eût vu les beaux yeux d'Hermia, Démétrius jurait de n'être qu'à moi seule. Ses serments à mes pieds tombaient dru comme grêle : il a suffi que cette grêle-là sentît un peu la chaleur d'Hermia pour fondre en un moment et s'en aller en pluie ! — Je vais lui révéler la fuite d'Hermia et lui, demain, va vouloir la poursuivre. Je trahis Hermia, je me trahis moi-même, et c'est payer bien cher quelques remerciements que j'espère en avoir. Oui ! mais d'un beau regret j'enrichirai ma peine, puisque, du moins, il me sera donné d'accompagner jusque là-bas celui que j'aime, et puis, de revenir encore à ses côtés.

Scène II

Athènes. Une chambre dans une cabane.

Entrent Cognasse, Mignon, Mesfesses, Flutiau, Niflet et Claquedent.

Cognasse. — Tout notre monde est ici ?

Mesfesses. — Vous auriez meilleur temps d'appeler tous les noms l'un après l'autre, en suivant sur le papier.

Cognasse. — Voilà ma liste, avec les noms des gens qu'on a jugés les plus capables, dans tout Athènes, de jouer notre intermède devant le duc et sa duchesse, le soir des noces.

Mesfesses. — Mon vieux Cognasse, dites d'abord de quoi il retourne dans la pièce ; vous lirez les noms des acteurs après, ce sera toujours ça de fait.

Cognasse. — Hé bien, parbleu ! notre pièce, c'est *la très lamentable comédie et l'atroce trépas de Pyrame et de Thisbé.*

Mesfesses. — Et je vous fous mon billet que, pour une pièce, c'est une fameuse pièce, et joyeuse encore ! Vieux Cognasse, à présent, dites les noms des acteurs en suivant sur la liste. Mes enfants, ne vous flanquez pas tous les uns sur les autres.

Cognasse. — Répondez à mesure que j'appellerai. Nicolas Mesfesses, tisserand ?

Mesfesses. — Présent, et un peu là. Dites-moi quel rôle on veut que je joue ; vous appellerez les autres noms après.

Cognasse. — Nicolas Mesfesses, d'après ma liste, vous jouez Pyrame.

Mesfesses. — Qui est-ce, Pyrame ? Un amoureux ou un tyran ?

Cognasse. — C'est un amoureux tout à fait à la hauteur qui se tue par amour.

Mesfesses. — Je vois ça. Il faudra pleurer comme une vache, pour jouer Pyrame avec vérité. Hé bien ! si c'est moi qui fais Pyrame, ah ! mes amis, il n'y aura qu'à préparer les mouchoirs : je me charge de faire marcher les grandes eaux. Vous m'entendrez gémir, je ne vous dis que ça ! Et pourtant, un rôle de tyran, c'était bien mieux dans mes cordes. Par exemple, j'aurais fait Hercule comme pas un ; Hercule, ou enfin n'importe quel rôle à tout casser !

> *Dans leur fureur, les rocs,*
> *D'un formidable choc*
> *Les verrous briseront*
> *Aux portes des prisons,*
> *Et Phébus, sur son char*
> *Clair au loin par les airs,*
> *Saura faire et défaire*
> *Les stupides hasards*
> *Qui gouvernent la terre !*

C'était jeté ! Allons, distribuez les autres rôles. — Mais n'empêche que ça, c'est le ton d'Hercule, c'est comme ça que parlent les tyrans. Bien sûr qu'un amoureux, c'est toujours beaucoup plus geignard.

COGNASSE. — François Flûtiau, hé, le raccommodeur de soufflets !

FLUTIAU. — Voilà, Cognasse, voilà.

COGNASSE. — Vous vous chargerez de Thisbé, vous.

FLUTIAU. — Thisbé ? C'est un chevalier errant ?

COGNASSE. — C'est la dame que Pyrame doit aimer dans la pièce.

FLUTIAU. — Ah ! ma foi, non ! Vous n'allez pas me faire prendre un rôle de femme ; ces temps-ci, je me laisse venir la barbe.

COGNASSE. — Qu'est-ce que ça fait ? Vous vous mettrez un masque sur la figure, et puis vous parlerez d'une toute petite voix !

MESFESSES. — Dites donc ! Si on peut cacher sa figure, alors, laissez-moi aussi jouer Thisbé. On n'entendra qu'un pauvre petit souffle de voix de rien du tout : « Thisbé, Thisbé ! — Ah ! Pyrame, mon cher amour ! c'est ta Thisbé chérie, c'est ton petit Thisbé adoré ! »

COGNASSE. — Mais non, voyons, Mesfesses ! Il faut que vous nous jouiez Pyrame et il faut que Flûtiau joue Thisbé.

MESFESSES. — Bon, c'est bon. Continuez.

COGNASSE. — Robin Claquedent, tailleur.

CLAQUEDENT. — Ici, Cognasse.

COGNASSE. — Robin Claquedent, vous ferez la maman de Thisbé. — Thomas Niflet, chaudronnier ?

NIFLET. — Ici, Cognasse.

COGNASSE. — Niflet, vous ferez le père à Pyrame ; c'est

moi que je joue le papa de Thisbé. Mignon, menuisier ? A vous
le rôle du Lion... Hé bien ! voilà une pièce distribuée, hein ?

Mignon. — Est-ce que vous avez le rôle du Lion par écrit ?
S'il vous plaît, donnez-le moi, si vous l'avez, parce que j'apprends très lentement.

Cognasse. — Mais vous pourrez improviser : il n'y a qu'à
rugir.

Mesfesses. — Oh ! alors, laissez-moi aussi jouer le Lion !
Je rugirai, que ce sera une joie de m'entendre ! Je rugirai de
façon à faire dire au duc lui-même : « Qu'il rugisse encore, ah !
faites-le encore rugir ! »

Cognasse. — Merci bien ! Vous trouveriez moyen de gueuler si fort que vous feriez peur à la duchesse et aux femmes ;
elles se ficheraient à crier. Il y aurait de quoi nous faire tous
pendre !

Tous. — Parfaitement ! il y aurait de quoi nous faire
pendre tous, tant que nous sommes, pauvres fils de nos chères
mamans !

Mesfesses. — Mes amis, c'est entendu : si vous faisiez
perdre la tête aux femmes, elles n'auraient pas l'ombre d'un
scrupule à vous envoyer pendre, mais je manœuvrerai ma voix,
vous verrez ; je me ferai une voix toute douce, toute gentille.
Je rugirai comme une tourterelle en amour, je rugirai comme
un rossignol.

Cognasse. — Allons, allons ! vous ne pouvez pas jouer
trente-six rôles, Mesfesses. Pyrame vous ira très bien. Pyrame
est un beau môme ; c'est un homme tout à fait sortable, très
chic, comme on aime en voir dans les promenades en été ;
enfin un homme charmant et tout ce qu'il y a de mieux élevé.
Vous voyez bien que Pyrame vous ira comme un gant, et qu'il
faut absolument que vous nous jouiez Pyrame.

Mesfesses. — Ça va bien, on tâchera de vous jouer
Pyrame. Quelle barbe est-ce qu'il faut me mettre ?

Cognasse. — Oh ! mon Dieu, la barbe que vous voudrez.

Mesfesses. — Voyons, je peux vous jouer ça avec une
barbe blonde comme les blés, ou bien avec une barbe qui tirerait sur l'orange foncé, ou une barbe pourpre ; à moins de prendre une belle barbe nuance crâne de vieux marcheur, dans des
tons d'ivoire jaune, hein ?

Cognasse. — Je connais des vieux marcheurs qui n'ont
plus un poil sur le caillou et vous auriez des chances de jouer
votre rôle sans barbe. Mes enfants, tenez vos rôles. Maintenant
je vous recommande, je vous somme, je vous supplie de savoir
par cœur demain soir, et de venir me trouver dans le petit bois

qui est près du palais, à un mille de la ville. Nous répétons là-bas au clair de la lune. Cela vaut mieux que de nous rencontrer ici. Un tas de curieux viendraient nous embêter ; notre projet se saurait en ville. Demain soir, j'aurai dressé une liste des accessoires qu'il faut pour la pièce. Je peux compter sur vous, n'est-ce pas ?

MESFESSES. — On y sera. Là-bas, au moins, on pourra s'en donner à répéter ; on en fichera un coup, hardi ! Vous autres, travaillez ferme, et soyez tous du premier ordre. Adieu, au revoir.

COGNASSE. — Rendez-vous sous le chêne du duc !

MESFESSES. — Suffit. On y sera, ou je veux que le crique me croque.

Rideau.

ACTE II

Scène I

Un bois proche Athènes.

Entrent, d'un côté de la scène, une petite FÉE ;
de l'autre, ROBIN BON-ENFANT.

ROBIN. — Holà ! Où courez-vous, petit esprit ?

LA PETITE FÉE. — Je vais au hasard, par monts et par vaux, du dos d'une colline au creux d'une vallée. L'air me porte ; je ne crains ni ronces ni taillis ; j'erre par les jardins sans souci des barrières ; le feu ne m'arrête ni l'onde : je vais, aérienne, vagabonde, et plus légère que le disque de la lune. Je sers Titania, reine des Fées. On m'a commise au soin de baigner de rosée les cercles enchantés qu'elle trace dans l'herbe. Vois-tu, petit esprit, ces grandes primevères ? Ma reine les protège. De beaux rubis, qui sont les dons des fées, font des taches de pourpre à l'or blanc de leur robe. C'est dans ces points de sang que vit leur frais parfum. Mais il me faut aller quérir des gouttes de rosée pour en pendre une perle à l'oreille menue de chaque primevère. Adieu, petit esprit rustique, je te quitte et me vais hâter, car notre reine et tous les elfes seront ici dans un moment.

ROBIN. — Ici ? Mais c'est ici que le roi, cette nuit, prétend mener ses fêtes ! Gardez que Titania paraisse devant lui, car la colère pense étouffer Obéron, depuis qu'elle traîne après elle ce beau petit garçon qu'on a volé dans le palais d'un roi de l'Inde. C'est bien le plus charmant mignon qu'on lui ait jamais vu ! Le jaloux Obéron voudrait avoir l'enfant, dont il ferait un chevalier de son arroi, pour l'emmener courir avec lui les grands bois. Mais la reine retient le chérubin près d'elle, le couronne de fleurs, fait de lui seul l'objet constant de tous ses soins et, de lui seul, attend tous ses plaisirs. Aussi, quand le malheur veut que notre Obéron rencontre votre reine, dans l'ombre d'un bosquet, près des fontaines claires, ou par les prés, sous l'azur noir sablé d'étoiles, la nuit s'émeut au loin de l'éclat de querelles si véhémentes que les elfes, tout tremblants, filent tous se cacher dans les coupes des glands.

La petite fée. — Ou je me trompe tout à fait sur les façons et l'apparence, ou bien, petit esprit, vous êtes ce Robin Bon-Enfant qu'on dit plein de malice et prompt aux mauvais tours ? Dites, n'êtes-vous pas cet esprit polisson qui joue à faire peur aux filles des villages ? qui met tout sens dessus dessous dans le moulin ? ce Robin qui écrème le lait à la ferme, où quelque pauvre ménagère, à bout de souffle, s'opiniâtre en vain à baratter son beurre ? Et c'est vous encore, Robin Bon-Enfant, qui ôtez aux boissons leur vertu ; c'est vous qui vous plaisez à égarer, la nuit, les voyageurs dans les chemins, pour moquer leur fatigue et leur mésaventure. Mais si quelqu'un, pour vous amadouer, s'avise de vous donner ce nom de Robin-le-bon-Diable, oh ! alors, pour le coup, vous faites sa besogne et lui portez bonheur. Dites, êtes-vous ce Robin-là ?

Robin. — Ma foi, petite fée, tu as deviné juste ! Hé oui ! Je suis ce vagabond joyeux des belles nuits ! Je sais l'art d'amuser Obéron, et mon maître sourit quand, imitant dans l'ombre, le doux hennissement des juments en chaleur, j'excite au rut un cheval gras gonflé de fèves. Et d'autres fois, la fantaisie me vient de métamorphoser mon personnage en pomme cuite ; puis je m'embusque dans le bol d'une commère et, dans le moment qu'elle boit, houp ! je lui saute à la figure, histoire de lui faire baver sa bière, qui coule dans les plis de sa gorge flétrie. Telle vieille, des plus sages, en veine de narrer sa plus lugubre histoire, me prend pour une escabelle à trois pieds. Je m'ôte tout soudain de dessous son derrière ; la voilà, cul par-dessus tête, et qui se voit assise rudement et plus bas qu'elle ne l'eût voulu. Et, tandis qu'elle tousse et glapit de colère, toute la compagnie de se tenir les côtes, d'éternuer de rire et de jurer qu'on n'a jamais tant ri chez l'ennuyeuse vieille ! Mais voici paraître Obéron. Place, petite fée !

La petite fée. — Et voici ma maîtresse ! Que n'est-il loin d'ici !

Scène II

Entrent : d'un côté, Obéron avec sa suite et, de l'autre, Titania, avec la sienne.

Obéron. — Ah ! te voilà, Titania, monstre d'orgueil ! Par ce beau clair de lune, la place est malheureuse à nous y rencontrer !

Titania. — Quoi ! c'est le jaloux Obéron ? Vite, mes fées, allons-nous en. J'ai renoncé, et c'est à tout jamais, sa couche et son commerce !

Obéron. — Halte-là, perfide impudente ! Oui ou non, suis-je ton seigneur et ton maître ?

Titania. — Je consens, dans ce cas, qu'on me dise ta femme. Mais crois-tu bien qu'on ne sache les choses, et comment tu t'enfuis du royaume des fées pour aller, sous les traits de Corin, doux berger, poussant d'amples soupirs sur des flûtes de paille, mettre en versiculets ta grande âme en l'honneur de l'amoureuse Phillida ? Et, dis-moi, quel souci te ramène à présent, du fond du monde et des confins de l'Inde ? Te verrait-on ici, sans le mariage du duc Thésée avec cette grosse Amazone, ton amante guerrière et ta maîtresse en chausses ? Sans doute que tu viens bénir leur couche et sur elle appeler tous les plaisirs et toutes les prospérités !

Obéron. — Comment ! Tu n'as donc point vergogne, Titania, de me blâmer des soins que j'eus pour Hippolyte, quand tu n'ignores pas que je sais quel amour t'échauffe pour Thésée ? Oserais-tu nier d'avoir conduit Thésée, à la faveur d'une nuit sombre, loin de Périgénie qu'il avait enlevée ? N'est-ce pas toi qui lui fis rompre les serments qui l'attachaient à la belle Eglé, à Ariane, à Antiope ?

Titania. — Voilà ta jalousie et ses inventions ! Depuis la mi-été que tu nous en obsèdes, nous n'avons pu nous réunir en paix, même une fois, pour mener entre nous, au doux sifflet des vents amis, nos rondes aériennes ! Partout, sur la colline, au creux du val, ou dans le bois, près des sources qui vont jasant sur les cailloux, au bord des ruisseaux dans les joncs, sur la plage où la mer en chantant vient mourir, partout, il a fallu que ta sotte clameur nous vînt troubler dans nos ébats ! Alors, les vents amis, las d'appeler en vain, ont tu le doux sifflet qui mesurait nos danses. Les vents amis se sont vengés. Ils pompent de la mer d'affreux brouillards, bientôt changés en tant de pluie qu'on a vu déborder les ruisseaux plus chétifs. En vain donc, les grands bœufs auront porté le joug ; en vain, le laboureur a donné ses sueurs ! Voici le blé pourri qu'il est encore vert ; voici, dans le pays noyé, les pacages déserts. La peste règne au loin : les corbeaux seuls sont gras. Le limon et la boue couvrent la place où l'on jouait à la marelle ; les beaux chemins, bien dessinés sur les pelouses, s'effacent et nul pied, désormais, ne les foule. Tous les hommes en vain soupirent après l'hiver : où sont, hélas ! les chants, les hymnes de Noël ! Et c'est pourquoi la lune est blême de colère. Souveraine des flots, elle a chargé les airs de tant d'humidité que le catarrhe abonde. Tout est brouillé dans l'ordre des saisons, qui se confondent au point que partout on peut voir le givre blanc geler les vives roses rouges et, par quelle ironie ! le vieil Hiver enguirlander sa tiare de glace et son hargneux menton des plus riantes fleurs et des plus parfumées ! Ainsi, le Printemps et l'Eté, le dur Hiver, l'Automne fastueuse, se sont pris l'un à l'autre attributs et parures, tant et si bien que nul ne s'y reconnaît plus ! Hé bien ! tout le mal part de nous, de nos querelles, et voilà les effets de nos dissentiments !

Obéron. — Portez-y remède : il ne tient qu'à vous ! Pourquoi Titania veut-elle contrarier son Obéron, qui ne demande qu'un petit bout d'enfant volé, dont il voudrait faire son page ?

Titania. — Paix, je vous prie! Pour tout le royaume des fées, je ne donnerais pas mon bel enfant chéri. Sa mère m'a servi, qui me fut très fidèle. Que de fois nous avons tendrement bavardé, par les nuits où roulaient tous les parfums de l'Inde ! Ou bien, assises côte à côte sur les sables dorés qui marquent les confins du règne de Neptune, nous regardions cingler les navires marchands, tout amusées à voir s'enfler les voiles, comme si les baisers du vent les avaient engrossées ! Et la mignonne alors se mettait à nager et, le plus gentiment du monde, poussait devant elle son ventre qui déjà portait mon jeune page : elle imitait le bercement d'un gros navire, gagnait la plage, et puis, m'en rapportait mille riens, en feignant un vaisseau riche de marchandises qui, pesamment, revient d'un voyage au long cours. Mais la mignonne, étant mortelle, mourut de son enfant, en lui donnant la vie. Et, cet enfant, pour l'amour d'elle, je l'élève ; pour l'amour d'elle, je ne puis m'en séparer.

Obéron. — Resterez-vous longtemps encore dans ce bois ?

Titania. — Peut-être jusqu'après les noces de Thésée. Si donc, paisible, vous voulez danser nos rondes avec nous, et voir les jeux que nous menons au clair de lune, soyez le bienvenu parmi nous, Obéron. Sinon, évitez-nous et nous saurons vous fuir.

OBÉRON. — Donne-moi cet enfant, je t'accompagnerai.

TITANIA. — Non ! quand tu m'offrirais ton royaume ! Partons, mes fées ! Si je demeure ici, nous allons nous fâcher.

(Titania sort avec sa suite.)

OBÉRON. — Fort bien ! Va ton chemin. Devant que tu sortes du bois, tu m'auras payé cher cette nouvelle insulte. Robin, gentil Robin, viens ça ! Te souvient-il d'un soir que j'entendis du haut d'un promontoire une sirène, chevauchant un dauphin bleu, chanter un chant si doux qu'il apaisait la mer ? On voyait même des étoiles, comme folles, s'arracher à leur orbe et venir l'écouter !

ROBIN. — Il me souvient.

OBÉRON. — C'est alors que je vis ce que tu ne pus voir : Cupidon tout armé, qui voletait entre la lune froide et la terre endormie. L'enfant ailé visait une belle vestale, assise sur un trône au fond de l'occident ; et Cupidon, pour la blesser d'amour, lâcha la flèche plus rapide de son arc, comme s'il eût voulu trouer tous à la fois cent mille cœurs ! Mais moi, j'ai vu le trait enflammé de l'amour s'éteindre dans les rayons chastes dont la lune baignait le monde. Et la prêtresse impériale, invulnérable à la meilleure flèche de l'amour, passa en méditant ses pensées virginales. Moi, cependant, j'avais noté la place où fut tomber le trait perdu de Cupidon, sur une petite fleur de l'occident, jusque là blanche comme le lait. Elle est pourpre à présent que l'amour l'a blessée. Les jeunes filles l'appellent « rêve d'amour ». Va, cherche cette fleur que je te fais connaître ; son suc, pressé sur les paupières closes d'un dormeur, homme ou femme, rend les gens fous d'amour pour la première créature que le hasard offre à leurs yeux, quand ils s'éveillent ! Va m'en quérir la plante ; sois ici revenu avant que Léviathan ait pu nager l'espace d'une lieue.

ROBIN. — Je puis, en quarante minutes, mettre à la terre une ceinture.

OBÉRON. — Lorsque j'aurai le suc de cette fleur d'amour, je surprendrai Titania endormie et je le répandrai sur ses paupières lasses. Et la première créature que le hasard mettra près d'elle à son réveil, Titania ne pourra que l'aimer, quand ce serait un ours, un lion, un loup, un taureau, ou bien le plus méchant, le plus hideux des singes ! Avant que de faire cesser le charme, par l'effet d'une autre herbe, je saurai la forcer à me donner son page. Ah ! ça, qui peut venir ici ? Bon ! je suis invisible. Ecoutons donc un peu ce que ceux-ci vont dire.

(Entrent Démétrius avec Hélène, qui le suit.)

DÉMÉTRIUS. — Je ne peux pas t'aimer. Finis de me presser. Hélas ! où sont Lysandre et ma belle Hermia ? Certes, je le tuerai, mais je me meurs pour elle. Que disais-tu ? Qu'ils sont quelque part dans ce bois ? Hé ! j'y suis, dans ce bois ! J'y fais figure d'une souche, puisque je ne sais point où rejoindre Hermia ! Mais toi, va-t'en, va-t'en ! Mais va-t'en donc, et que je cesse enfin de te voir à mes trousses !

HÉLÈNE. — Mais c'est vous, cœur plus dur que le dur diamant, c'est vous qui m'attirez comme l'aimant le fer, et si mon cœur, hélas ! n'est point un cœur de fer, il est du moins comme l'acier sûr et fidèle ! Otez-vous ce pouvoir de m'attacher à vous ; cessez de m'attirer, je cesse de vous suivre.

DÉMÉTRIUS. — Ah ça ! est-ce que j'ai cherché à vous séduire ? Les propos que je tiens, les trouvez-vous flatteurs ? Enfin, plus franchement que je fais, peut-on dire : je ne vous aime pas, je ne vous puis aimer ?

HÉLÈNE. — Démétrius, voyez en moi votre épagneul ; plus votre main le bat, plus il se frotte à vous ! Au moins traitez-moi comme lui : repoussez-moi et frappez-moi, négligez-moi et perdez-moi, Démétrius ! mais, tout indigne que je sois, donnez-moi seulement de vous suivre ! Dites, puis-je mendier de vous, moi qui vous aime, place plus humble — mais pour moi déjà si précieuse ! — que la place qu'aurait près de vous votre chien ?

DÉMÉTRIUS. — Ne pousse pas à bout un esprit qui te hait : quand je te vois, il me vient un dégoût qui pense me rendre malade.

HÉLÈNE. — Moi c'est, tout au contraire, quand je ne vous vois pas que je me sens malade !

DÉMÉTRIUS. — Vous risquez votre honneur à fuir ainsi la ville, en vous mettant à la merci d'un homme qui ne vous aime pas, qui pourrait écouter le conseil de la nuit et de la solitude où vous aventurez votre virginité !

HÉLÈNE. — Je n'ai qu'à me confier dans votre propre honneur. D'ailleurs, je ne vois pas qu'il fasse nuit. Comment pourrait-il faire nuit, pour moi, quand rayonne à mes yeux votre aimable visage ? Je vous aime, et le bois cesse d'être désert. Je suis à vos côtés, le monde est avec moi. Que me dites-vous donc que je suis toute seule, lorsque le monde entier veille sur moi, ce soir ?

Démétrius. — Je m'en vais me sauver, et me cacher dans les bruyères, et te laisser en proie aux bêtes plus féroces !

Hélène. — La plus féroce n'a pas plus mauvais cœur que vous ! Allez, courez ! L'histoire a des retours étranges : voici qu'Apollon fuit, Daphné vole après lui ; la colombe donne la chasse à l'épervier ! Voici la biche, pour forcer le tigre, qui multiplie au loin derrière lui ses bonds rapides ! Course bien folle, hélas ! cette course où le faible en vain s'opiniâtre à poursuivre le fort, qui se sauve et le moque !

Démétrius. — J'en ai trop entendu ; laisse-moi, que je parte ! Attends-toi, si tu veux t'entêter à me suivre, à subir les derniers outrages dans ce bois !

Hélène. — Dans le temple et la ville, aux champs, partout enfin, ha ! me les avez-vous épargnés, ces outrages ? Fi donc ! Démétrius ! vos traitements sont en scandale à tout mon sexe ! Nous qui ne pouvons point nous battre par amour, comme les hommes peuvent faire, notre rôle n'est pas de leur donner les soins qu'il leur appartient de nous rendre. Mais non ! je veux te suivre et faire un ciel de mon enfer en mourant de la main que j'aurai trop chérie.

(Sortent Démétrius et Hélène.)

Obéron. — Va, tendre nymphe ! Avant qu'il sorte de ce bois, on le verra te suivre, on te verra le fuir ! *(Reparaît Robin.)* Prompt voyageur, je te salue ! As-tu la fleur ?

Robin. — La voici.

Obéron. — Donne-la, je te prie. Je connais, dans le bois, ce banc de gazon où fleurit le thym sauvage avec les grandes primevères ; c'est là que les orvets viennent se dépouiller de leur peau émaillée, large tout juste assez pour vêtir une fée. C'est là que vient dormir la reine à de certaines heures, au son des danses de ses fées, qui la bercent en son sommeil, parmi les fleurs. Tandis que je m'en vais aller répandre sur ses yeux le philtre de l'amour, et livrer son esprit aux pires fantaisies, toi, doux Robin, prends un peu de ce suc, et cherche par le bois une jolie Athénienne, qui soupire pour un amant qui la rebute. Charme les yeux de celui-là, mais fais en sorte qu'il voie d'abord, en s'éveillant, la jeune dame dont il a nié l'amour. Tu connaîtras cet homme au vêtement d'Athènes. Fais avec un grand soin ce que je te commande : je le veux voir plus épris d'elle qu'elle ne l'a jamais été de lui. Va, Robin, va. Sois exact à me joindre avant le cri du coq.

Robin. — Soyez sans crainte, mon doux maître : il sera fait selon vos vœux.

Scène III

Une autre partie du bois.

Entre Titania avec sa suite.

Titania. — Allons, en avant ! Tournez une ronde, chantez en dansant la chanson des fées. Puis, dans l'espace d'un clin d'œil, éclipsez-vous ! Tandis que les unes iront tuer les vers rongeurs au cœur des jeunes roses, les autres dans les airs affronteront les chauves-souris, qu'il faudra dépouiller de leurs ailes de cuir, pour tailler des manteaux à nos petits esprits. Et d'autres chasseront loin d'ici les hiboux dont le sanglot nocturne épouvante les elfes. Ça, venez chanter pour que je m'endorme ; puis, à vos travaux ! quand je dormirai.

CHANSON

Première Fée :

> *Serpents tachetés dont la langue est double*
> *Et vous, hérissons d'épines armés,*
> *Cachez-vous ! Lézards, orvets, cachez-vous !*
> *Et n'approchez pas la reine des fées.*

Le Chœur :

> *Pour la bercer mieux, tendre Philomèle,*
> *Qu'à notre chanson ta chanson se mêle,*
> *Lulla, lulla, lullaby ; lulla, lulla, lullaby !*
> *Puissent le malheur et l'effet des charmes*
> *Toujours épargner notre douce dame :*
> *Bonne nuit, bonne nuit, lullaby !*

Deuxième Fée :

> *Et vous, araignées, grises filandières,*
> *Vers ou limaçons, ne vous montrez pas !*
> *Vous, escargots noirs, longs faucheux, arrière :*
> *Notre reine dort, ne l'approchez pas !*

Le Chœur :

> *Pour la bercer mieux, tendre Philomèle,*
> *Qu'à notre chanson ta chanson se mêle,*
> *Lulla, lulla, lullaby ; lulla, lulla, lullaby.*
> *Puissent le malheur et l'effet des charmes*
> *Toujours épargner notre douce dame,*
> *Bonne nuit, bonne nuit, lullaby !*

La première fée. — Nous, à présent, partons et faisons diligence. Une de nous suffit à faire sentinelle.

(Sortent les fées. Titania s'est endormie.)

Obéron *(Il presse le jus de la fleur enchantée sur les paupiè-res closes de la reine).* — La créature que tes yeux en se rouvrant verront d'abord, tu l'aimeras d'une amour violente. Tu l'aimeras, tu languiras pour elle, quand ce serait une once, un chat, un ours, un léopard, un sanglier hirsute. Puisse, à l'instant de ton réveil, le plus immonde objet de la création venir à point s'offrir à tes yeux dessillés !

(Sort Obéron. Entrent Lysandre et Hermia.)

Lysandre. — Ma belle amie, vous êtes morte de fatigue, tant nous avons erré par toute la forêt. A vous dire le vrai, j'ai perdu notre route. Si vous l'avez pour agréable, ma chérie, reposons-nous en attendant le jour pour nous tirer d'ici.

Hermia. — Oui, mon Lysandre. Trouvez donc où vous coucher ; sur ce banc de gazon je vais poser ma tête.

Lysandre. — Mais il peut à tous deux nous servir d'oreiller. Nous aurons même lit : n'avons-nous même cœur, même foi dans nos deux poitrines ?

Hermia. — Non, non, mon bon Lysandre, pour l'amour de moi, je vous supplie de vous aller coucher un peu plus loin.

Lysandre. — Douce Hermia, mon propos est honnête ! Ecoutez-moi comme je parle, avec amour : j'entends que nos deux cœurs, liés l'un avec l'autre, le sont si bien qu'ils ne font qu'un ; et que nos serments nous attachent assez étroitement pour qu'une seule et même foi habite en même temps nos deux poitrines ! Oh ! ne me niez pas ma place à vos côtés : ne m'y puis-je coucher sans coucher avec vous ?

Hermia. — Mon Lysandre est habile à jouer sur les mots, mais que je meure de honte, si j'avais en pensée que mon Lysandre pût manquer à son honneur en attentant au mien. Toutefois, mon gentil ami, par amour et par courtoisie, et par respect de la décence humaine, il vous plaira nous séparer un peu, comme il convient à des jeunes gens vertueux. Bonne nuit, tendre ami, garde-moi ton amour jusqu'au bout de ta chère vie.

Lysandre. — Je dis amen deux fois à ta belle prière : ah ! finisse ma vie avant l'amour de toi ! Voici mon lit. Que le Sommeil te donne le repos !

Hermia.—Et qu'il en fasse autant pour qui me le souhaite!

(Ils s'endorment. Entre Robin.)

Robin. — Ouf ! j'ai couru la forêt tout entière, sans joindre nulle part l'ombre d'un Athénien sur lequel éprouver la puissance du charme qui gît dans cette fleur à donner de l'amour. La nuit partout, et partout le silence ! Hé ! qui est là.?

Quel est cet homme ? Le costume qu'il porte annonce un Athénien. Ah ! mais c'est lui, tel que mon maître l'a dépeint, qui rebute les vœux de la jeune Athénienne ! Et la voici, la pauvre enfant, tout endormie à même le sol nu et tout boueux. Pauvre petite âme jolie ! Elle n'a pas osé se coucher près de ce sans-cœur, de ce bourru. *(Il presse la fleur sur les yeux de Lysandre.)* Maroufle, je répands ce charme sur tes yeux et l'amour désormais va les tenir ouverts. Eveille-toi quand je serai parti, car il est temps, pour moi, de rejoindre Obéron.

(Entrent en courant Démétrius et Hélène.)

HÉLÈNE. — Arrête-toi ! Arrête-toi, Démétrius, quand ce serait pour me tuer !

DÉMÉTRIUS. — Arrière, m'entends-tu ? Finis de me poursuivre !

HÉLÈNE. — Quoi ! tu pourrais m'abandonner dans la nuit noire ! Je t'en prie, ne me quitte pas !

DÉMÉTRIUS. — Arrière, ou gare à toi ! J'entends m'en aller seul.   *(Il s'enfuit.)*

HÉLÈNE. — Ah ! j'ai perdu le souffle à poursuivre l'ingrat ! Plus je l'implore, hélas ! et moins je le fléchis. Où qu'elle soit, Hermia est bien heureuse. Ses yeux ont le pouvoir d'assujettir les cœurs ! Qui les fait si brillants ? Ce ne sont point les larmes : elles mouillent mes yeux plus souvent que les siens ! Il faut donc que je sois aussi laide qu'un ours ? Les bêtes que je vois, la peur les fait me fuir. Vais-je alors m'étonner, si mon Démétrius me fuit rien qu'à me voir, comme il ferait d'un monstre ? Ah ! quel miroir perfide et vain put m'inciter à comparer mes yeux à tes yeux, Hermia, qui sont plus beaux que les belles étoiles ? Mais qui est là ? Lysandre ! Etendu tout à plat sur le sol ? Est-il mort ? ou dort-il ? Je ne vois pas de sang, pas de blessure. Lysandre, cher Seigneur, si vous vivez, réveillez-vous !

LYSANDRE, *qui s'éveille.* — Hélène, lumineuse Hélène, ah ! pour l'amour de toi, je suis tout prêt à traverser les flammes. Nature ici fait voir quel est son art, en me montrant quel cœur habite ta poitrine ! Démétrius, où est Démétrius ? Que cet ignoble nom convient à ce vilain qui périra par mon épée !

HÉLÈNE. — Ne dites pas cela, Lysandre ! Qu'est-ce que cela fait qu'il aime votre Hermia ? Seigneur, qu'est-ce que cela fait ? Vous aime-t-elle moins ? Non ! Soyez donc heureux !

LYSANDRE. — Heureux d'être aimé d'Hermia ? Ah ! certes, non ! J'ai regret des moments que j'ai perdus près d'elle ; ce n'est pas Hermia, c'est Hélène que j'aime ! Qui n'est prêt à changer un corbeau pour une colombe ? La volonté dans l'homme à la raison se plie : ma raison voit en vous la vierge la plus digne. Tous les fruits, pour mûrir, attendent leur saison : hé bien ! jusqu'aujourd'hui, j'étais trop jeune pour mûrir à la raison. Mais je touche à ce point de l'humaine expérience où l'homme se possède enfin, et la raison, maîtresse de ma volonté, m'amène jusqu'à vous ; et je lis dans vos yeux, comme dans un livre adorable, une histoire d'amour à me charmer le cœur.

HÉLÈNE. — Ma destinée est-elle d'être ainsi moquée ? Quand vous ai-je donné sujet, Seigneur, de me railler comme vous faites ? Ah ! n'est-ce point assez de n'avoir pas su mériter que mon Démétrius me pût voir sans colère, sans que vous aussi, vous, Lysandre, vous veniez insulter à mon insuffisance ? Voilà vraiment une bien lâche injure : me faire votre cour pour me marquer votre dédain ! Adieu. Je vous croyais plus galant homme. Oh ! faut-il qu'une femme, qu'un homme vient de rebuter, s'entende encore insulter par un autre.

(Elle sort.)

LYSANDRE. — Elle n'a pas vu Hermia. Ha ! tu peux dormir, Hermia ! Désormais puisses-tu ne jamais m'approcher ! Car, ainsi que l'abus des choses les plus douces nous soulève le cœur d'un plus profond dégoût ; ainsi que l'hérésie dont on est revenu (celui qu'elle a trompé la déteste surtout) toi qui es mon erreur, toi que j'ai trop connue, je te voue à la haine des hommes ! Et, plus qu'eux tous encore, moi, je te veux haïr ! Mais certes j'emploicrai le meilleur de mes forces, et le plus tendre de moi-même, pour l'honneur de l'aimable Hélène et le bonheur de devenir son chevalier. *(Exit Lysandre.)*

HERMIA, *qui se réveille.* — Au secours ! Lysandre, au secours ! Arrache le serpent qui rampe sur mon sein ! Ah ! misère de moi, quel rêve j'ai fait là. Vois, j'ai eu si grand peur que je frissonne toute. Figure-toi qu'il me semblait voir un serpent qui me mangeait le cœur et toi, tu restais là, paisible, et le regardais faire en souriant ! Lysandre... Il n'est plus là ? Lysandre ! Il ne m'entend donc pas ! Parti ? Il est parti ? Pas un bruit, pas un mot. Hélas ! où donc es-tu ? Lysandre ! réponds-moi, si tu m'entends ! Mais réponds-moi, au nom du ciel ! Je pense que je vais m'évanouir de peur. Oh ! tout se tait. Il est trop loin déjà. Allons ! Courons trouver ou la mort, ou Lysandre !

Rideau.

ACTE III

Même lieu. La reine des fées, couchée sur le gazon, est endormie.

MESFESSES. — Tout le monde est là ?

COGNASSE. — Oui, oui. Nous serons merveilleusement bien ici pour répéter. Ce bout de gazon sera censément la scène ; ce fourré d'aubépines, la coulisse. Nous allons répéter dans le mouvement, comme si nous jouions devant le duc.

MESFESSES. — Dites donc, Cognasse !

COGNASSE. — Qu'est-ce ? Qu'avez-vous, Mesfesses, à faire tant de bruit ?

MESFESSES. — Cognasse, il y a dans cette comédie de *Pyrame et Thisbé* des choses qui vont terriblement déplaire aux gens. D'abord, Pyrame doit sortir son épée pour se tuer, jamais les dames ne pourront supporter ça.

NIFLET. — Par notre Dame, c'est à craindre !

CLAQUEDENT. — M'est avis qu'il vaudrait mieux renoncer à ce massacre.

MESFESSES. — Jamais de la vie ; mais j'ai trouvé un moyen de tout arranger. Ecrivez-moi un prologue où vous direz que nos épées ne pourraient pas faire de mal à une mouche et que Pyrame ne se tue pas tout de bon. Pour rassurer tout à fait le public, vous n'aurez qu'à faire dire encore dans le prologue que, moi, Pyrame, je ne suis pas Pyrame, mais que Pyrame, c'est moi, Mesfesses, et que je suis tisserand. Après cela, ils n'auront plus peur.

COGNASSE. — Bien dit, nous aurons un prologue dans ce goût-là, mêlé d'octosyllabes et de vers de six pieds.

MESFESSES. — Ah ! allez-y, quoi ! mettez deux pieds de plus, qu'il y ait là de ces octosyllabes, avec des vers de huit pieds.

NIFLET. — Est-ce que vous ne pensez pas que le lion va ficher la frousse aux dames ?

CLAQUEDENT. — Ça, on peut s'y attendre !

MESFESSES. — Mes amis, hein ! attention. Pensons-y bien, la chose en vaut la peine. Un lion au milieu de ces dames ! Mais c'est effrayant, ce que nous allons faire là. Il n'y a pas au monde de bête plus épouvantable qu'un lion vivant, voyons ! Non, je vous assure, il faut y regarder à deux fois...

NIFLET. — Ecrivez un autre prologue pour expliquer que ce n'est pas un vrai lion.

MESFESSES. — Non. Savez-vous ce qu'il faut faire ? Il faut dire le nom de l'acteur qui fera le lion et s'arranger pour qu'on voie sa figure sous la gueule du lion. Et l'acteur dira quelque chose dans ce goût : *Mesdames*, ou bien, *Belles Dames, je vous en prie, ou, je vous le demande en grâce, n'ayez pas peur, ne tremblez pas. Ma vie répond de votre vie. Si, par malheur, vous alliez me prendre pour un lion sérieux, je ne donnerais pas deux sous de ma peau. Non, mesdames, je ne suis pas du tout un lion. Je suis un homme comme les autres.* Et là-dessus l'acteur se nommera et dira à haute et intelligible voix qu'il est Mignon, le menuisier Mignon.

COGNASSE. — Très bien. C'est ainsi que nous procéderons. Mais il se présente deux autres difficultés. D'abord, il s'agit d'amener le clair de lune dans la salle. Car vous savez que Pyrame rencontre Thisbé au clair de lune ?

MIGNON. — Est-ce qu'il fera clair de lune, le soir que nous jouerons ?

MESFESSES. — Un calendrier, qui est-ce qui a un calendrier ? Cherchez dans l'almanach, cherchez le clair de lune, cherchez le clair de lune !

COGNASSE. — Oui, ce soir-là, il fera clair de lune.

MESFESSES. — Hé bien ! alors, vous n'aurez qu'à laisser à moitié ouverte la grande fenêtre de la salle où nous jouerons, et le clair de lune entrera par la fenêtre.

COGNASSE. — A moins que nous fassions venir quelqu'un avec un fagot d'épines et une lanterne, qui expliquerait qu'on doit prendre sa figure pour la face de la lune. Voilà qui est réglé. Mais il y a une autre difficulté. Nous aurons besoin d'avoir un mur sur la scène, parce que l'histoire dit que Pyrame et Thisbé se parlaient à travers les fentes d'un mur.

MIGNON. — Jamais vous ne pourrez mettre un mur sur la scène. Qu'en pense Mesfesses ?

MESFESSES. — C'est de toute simplicité. N'importe qui peut jouer le mur. Il n'y a qu'à salir l'acteur avec du plâtre ou du crépi ; tout le monde verra que c'est un mur. Et il tiendra ses doigts écartés, comme ceci, pour montrer les fentes à travers quoi Pyrame chuchote avec Thisbé.

COGNASSE. — Si on peut faire ça comme ça, bon. Allons, assis, enfants de nos mères, et commençons cette répétition. C'est Pyrame qui dit les premiers mots. Une fois que Mesfesses aura dit son texte, il rentrera dans le buisson. Faites tous la même chose, chacun à son tour, sans manquer vos répliques.

(Entre Robin Bon-Enfant.)

ROBIN. — Ah ! ça, que fait ici ce concours de maroufles, près du tertre où je vois Titania dormir ? Hé quoi ! c'est une comédie qu'ils répètent ? Ma foi, je veux en être spectateur et voir un peu si je ne trouve à jouer là mon personnage.

Cognasse. — C'est à vous de parler, Pyrame. Avancez-vous, Thisbé.

Pyrame :

Thisbé, les riches fleurs dont les parfums m'empestent...

Cognasse. — M'enivrent, Mesfesses, m'enivrent...

Pyrame :

M'enivrent, m'enivrent...
Ne me troublent pas tant que tes légers soupirs,
Chère Thisbé... Mais, chut ! Qu'est-ce ? Qui peut venir ?
Reste un moment ici. Je cours, et puis, revole
Auprès de toi, Thisbé, chère tête, cher cœur...

(Exit Pyrame.)

Robin. — Certes, on n'a jamais vu Pyrame plus étrange !

(Il sort.)

Thisbé. — C'est maintenant qu'il faut que je parle ?

Cognasse. — Hé oui, parbleu ! Vous comprenez, il est sorti pour voir un bruit qu'il a entendu. Il va revenir tout de suite.

Thisbé :

Pyrame, radieux ami, du sang des roses,
Du lait des lys plus blancs, votre teint se compose,
Charmant jeune homme, ô le plus aimable des juifs,
Fidèle comme l'est au noble cavalier
Le plus fidèle et le plus noble des coursiers,
O Pyrame, je cours, je vole pour te joindre,
Près de la tombe de Ninette...

Cognasse. — Hé là, hé ! La tombe de Ninus, mon vieux, la tombe de Ninus. Et puis, ce n'est pas maintenant que vous devez dire ça. Vous lâchez tout votre rôle d'un seul coup, là, les répliques et toute la boutique. Rentrez, Pyrame ; vous avez laissé passer votre réplique. Votre réplique, c'est : *le plus fidèle et le plus noble des coursiers.*

(Entrent Robin Bon-Enfant, et Mesfesses, coiffé d'une tête d'âne.)

Thisbé. — Ah ! bon, *le plus fidèle et le plus noble des coursiers...*

Mesfesses. — *Si j'étais beau, Thisbé, je voudrais être à toi !*

Cognasse. — Monstrueux ! Fantastique ! Nous sommes ensorcelés ! Priez, mes amis ; filez, mes amis !

(Les clowns se sauvent.)

Robin Bon-Enfant. — Hardi ! courez, fuyez, je m'attache à vos trousses ! Par les marais, par les halliers, nous allons leur donner la chasse qu'il leur faut. Ils vont me voir sur leurs talons, tantôt un fougueux étalon et tantôt un dogue enragé, tantôt un ours, tantôt un sanglier, tantôt une flamme rapide ; et, tour à tour, je vais hennir comme un cheval, aboyer comme un chien et grogner comme un porc, puis rugir comme un ours farouche et crépiter comme une haute flamme !

(Exit Robin.)

Mesfesses. — Ça, que diantre ont-ils tous à se sauver ? C'est quelque mauvais tour qu'ils veulent me jouer, bien sûr : ils essaient de me faire peur.

Niflet *(rentrant)*. — O Mesfesses, comme vous voilà changé ! Qu'est-ce que c'est que cette tête-là ?

Mesfesses. — Est-ce que, par un hasard, elle ressemblerait à la vôtre ? C'est pour le coup que j'aurais l'air d'un âne !

Cognasse *(revenant)*. — Dieu vous bénisse, Mesfesses, et qu'il vous ait en sa sainte garde ! Comme vous voilà changé !

(Ils sortent.)

Mesfesses. — Je les vois venir. Ces méchants bougres veulent me tourner en bourrique. Ils croient dur comme fer qu'ils vont me faire peur. Laissons aller mes gaillards et ne bougeons ; je m'en vais faire ici les cent pas, et en chantant encore, pour leur montrer que je me moque bien d'eux.

(Chantant.)

> *Le merle en deuil, le merle noir.*
> *Ton béjaune, il te le fait voir*
> *Et, quand tu n'as ni sou ni maille,*
> *« Paie tes dettes ! » chante la caille.*

Titania. — Près de mon lit de fleurs, quelle voix d'ange chante ?

(Elle s'éveille tout à fait.)

Mesfesses *(chantant)* :

> *Les moineaux francs, les gais pinsons*
> *S'égosillent, et la chanson*
> *Que le coucou là-bas répète,*
> *Sait-on pourquoi ? nous inquiète.*

Et comment le savoir ? qui veut perdre sa peine, qu'il aille le demander, *pourquoi ?* à ce grand fou de petit oiseau ! Peuh ! on s'occupe bien de l'opinion d'un oiseau, quand bien même il n'en finirait pas de crier, *coucou !*

Titania. — Chante, aimable mortel, s'il te plaît, chante encore ! De ces accents si beaux j'ai l'oreille charmée, dans le temps où mes yeux admirent ta beauté ; et ton mérite est tel que d'abord il éclate... Je ne me puis tenir de te dire déjà, de te dire, de te jurer, que je t'adore !

Mesfesses. — Ma foi, madame, il me semble que vous avez peu de raisons de m'aimer. Mais il est vrai qu'amour et raison ne vont guère de compagnie au jour d'aujourd'hui. Et c'est pitié que personne ne tâche de les raccommoder. Vous voyez, madame : j'aime bien plaisanter à l'occasion.

Titania. — Je vois que ta sagesse égale ta beauté !

Mesfesses. — Oh ! je ne suis ni beau ni sage. Et, si je pouvais seulement me tirer de ce bois, j'aurais tout à fait assez d'esprit pour l'usage que j'en veux faire.

Titania. — Ah ! ne désire point de sortir de ce bois ! Même contre tes vœux, j'entends t'y retenir, et sache que je ne suis point un esprit d'espèce commune. L'été dans mes Etats dure éternellement, et je t'aime : viens avec moi ! Je te ferai servir par mes petites fées : pour en parer ta grâce encore adolescente, elles iront chercher des perles sous la mer et, quand tu dormiras parmi les fleurs foulées, de leurs chants alternés berceront ton sommeil. Et moi, j'épurerai ta terrestre enveloppe, tu deviendras léger comme nos fils de l'air ! Holà, Phalène, Fleur-des-Pois, Toile d'Aragne, Grain-de-Moutarde !

(Entrent quatre petites fées.)

Première Fée. — O notre reine, me voici !

Deuxième Fée. — Me voici, notre reine.

Troisième Fée. — Reine, qu'ordonnez-vous ?

Quatrième Fée. — Reine, où faut-il courir ?

Titania. — Servez avec respect ce charmant gentilhomme. Prévenez ses désirs et le divertissez. Cueillez pour lui des abricots, des groseilles, des mûres ; cueillez du raisin pourpre avec des figues vertes. Allez et délestez les bourdons lourds de leurs charges de miel et, coupant leurs cuisses cireuses, allumez ces flambeaux aux yeux des vers luisants : à son coucher, à son lever, éclairez-en celui que mon cœur aime. Puis, arrachant aux papillons leurs ailes peintes, ayez soin d'opposer aux rayons de la lune l'ombre d'un doux écran sur ses yeux endormis. Ça, mes Elfes, la révérence, et rendez vos devoirs à mon aimable amant.

FLEUR-DES-POIS. — Salut à vous, mortel, salut !

TOILE D'ARAGNE. — Salut !

PHALÈNE. — Salut !

GRAIN-DE-MOUTARDE. — Salut !

MESFESSES. — Je vous rends mille grâces, vos Seigneuries. Plaît-il à Votre Seigneurie me dire comment on la nomme ?

TOILE D'ARAGNE. — Toile d'Aragne.

MESFESSES. — Mon bon monsieur, j'espère que nous ferons bonne connaissance. Si jamais je me coupe le doigt, je prendrai la liberté de recourir à votre obligeance. Votre nom, digne gentilhomme ?

FLEUR-DES-POIS.— Fleur-des-Pois.

MESFESSES. — Recommandez-moi, je vous prie, à la Gousse, madame votre mère, et à monsieur la Cosse, votre papa. J'espère que nous ferons bien vite une paire d'amis, monsieur Fleur-des-Pois. S'il vous plaît, monsieur, me dire votre nom ?

GRAIN-DE-MOUTARDE. — Grain-de-Moutarde.

MESFESSES. — Ah ! cher monsieur, je sais bien comme vous pouvez être patient ! Ce grand lâche de Beefsteak a dévoré bon nombre de vos parents, et vos parents ont fait monter bien des larmes aux yeux du monde. Nous nous lierons de bonne amitié, monsieur Grain-de-Moutarde.

TITANIA. — Allons, vers ma retraite plus secrète, conduisez-le sous les ramures favorables. La lune nous regarde avec un œil mouillé. Quand elle pleure, toutes les petites fleurs pleurent aussi d'être comme elle à jamais chastes. Fermez la bouche à mon ami charmant, et menez-le par les ténèbres en silence.

(Ils sortent.)

SCÈNE II

Une autre partie du bois.

OBÉRON. — Que si Titania s'est déjà réveillée, quel objet put d'abord étonner son regard ? Quel peut être celui que la vertu du philtre lui fait aimer, déjà peut-être, à la fureur ? *(Entre Robin Bon-Enfant.)* Voici mon messager. Hé bien ! dis, petit fou, quel divertissement nous attend, cette nuit, dans ce bois enchanté ?

ROBIN BON-ENFANT. — Voici, j'ai vu la reine amoureuse d'un monstre ! Tout près de la retraite et secrète et sacrée où, mollement tombée jusqu'au fond du sommeil, reposait Titania, une bande de va-nu-pieds, (de ces marauds qui, par Athènes, tout le jour, suent pour gagner leur pain dans l'ombre des échoppes) venait de s'assembler pour répéter un drame, dont ces fous ont propos de relever l'éclat des noces de Thésée ! Or, le plus sot d'entre ces imbéciles, celui qui paraîtra sous les traits de Pyrame, sort un moment de scène, entre dans le taillis : je l'y suis, je l'étonne et l'enchante, et je change en une tête d'âne une face d'idiot. Son tour vient de donner la réplique à Thisbé. Mon cabotin rentre en scène, et les autres ne l'ont pas plutôt aperçu que la panique les prend tous ; et cette ribambelle de maroufles se disperse à grands cris, tout comme fait une trôlée d'oisons sauvages qui ont vu l'oiseleur en rampant s'approcher, ou comme au coup de feu s'enlèvent les choucas, dont le vol en s'éparpillant au loin sème le ciel ainsi qu'une poignée de grains. Tels, mes marauds ont fui quand ils ont vu leur frère. Je les presse à grands coups de pieds, je les rue l'un sur l'autre et cul par-dessus tête ; ils se relèvent pêle-mêle, ils fuient encore, hurlant, *Au meurtre !* hurlant, *A l'aide !* vers Athènes. La peur leur ôte tout le peu de sens qu'ils ont, ils croient voir alentour la placide Nature s'armer tout entière contre eux ; et toute la forêt hostile, avec ses milliers d'épines, s'accroche à leurs habits, arrache à l'un sa manche (il n'ose la défendre) et prend à l'autre son chapeau, qu'il abandonne ! Tout occupé de leur donner la chasse, et de les bien induire en épouvantements, j'avais laissé derrière moi le doux Pyrame, tel qu'il est à présent en sa métamorphose. Et c'est alors que le hasard voulut que Titania se réveillât, le vît près d'elle, et tombât sur-le-champ amoureuse d'un âne !

OBERON. — Voilà qui va des mieux, qui passe mon souhait ! Mais as-tu pu charmer aussi l'Athénien ?

ROBIN. — Oui bien. Je l'ai surpris dormant et, comme à ses côtés dormait la jeune Athénienne, c'est elle qu'il verra d'abord à son réveil. *(Entrent Démétrius et Hermia.)*

OBÉRON. — Silence ! Les voici qui viennent à propos.

ROBIN. — C'est bien elle, en effet ; mais lui, je ne le connais pas.

DÉMÉTRIUS. — Pourquoi rebutez-vous mon cœur qui vous adore ? Gardez ces cruautés pour vos vrais ennemis.

HERMIA. — Il faut me contenter de décevoir tes vœux, et ce n'est rien auprès de tout le mal que je voudrais pouvoir te faire ! Je tremble, hélas ! que tu ne m'aies donné sujet de te maudire. Ah ! si tu as tué Lysandre, ah ! si déjà tes pieds ont marché dans son sang, achève d'y baigner ton corps et ton visage, Démétrius, et tue aussi celle qui l'aime. Lui, son amour m'était fidèle autant que la lumière au jour : aurait-il jamais fui sa maîtresse endormie ? Jamais ! On ne me fera croire plutôt qu'on peut trouer la terre d'outre en outre et que la lune, en tombant à travers du zénith au nadir, peut aller quereller son frère le soleil aux antipodes, où rayonne à présent sa gloire de midi ! Ah ! quelque chose me le dit, tu as tué Lysandre ! Quel air sinistre et quel affreux regard ! Ah ! seul, un assassin peut montrer ton visage !

Démétrius. — Hé Dieu ! J'ai plutôt l'air d'un homme assassiné ; ce sont vos cruautés qui m'ont crevé le cœur. Et pourtant, trop cher assassin, vos beaux yeux ont l'éclat des étoiles sereines : la sphère de Vénus, qu'on voit luire là-haut, n'est pas plus pure, hélas ! et pas plus lumineuse.

Hermia. — Hé ! tout cela n'a rien à faire avec Lysandre. Où est Lysandre ? Mon bon Démétrius, vas-tu pas me le rendre ?

Démétrius. — J'aimerais mieux donner sa carcasse à mes chiens !

Hermia. — Chien toi-même ! Va-t'en, mais va-t'en loin de moi ; tu m'as poussée à bout, va-t'en ! Ah ! c'est donc que tu l'as tué ? Va, tu es mort pour moi... Allons, parle ! mais parle enfin, au nom du ciel, et pour l'amour de moi ne me cache plus rien ? Lâche, tu l'as frappé qu'il était endormi, sans doute ? S'il eût été debout, osais-tu l'affronter ? Le noble exploit ! Mais la vipère en fait autant ; oui, c'est bien dit, la vipère, serpent ! et jamais langue de vipère ne fut plus double que ta langue.

Démétrius. — Vous prodiguez hors de propos votre colère, Hermia, vous m'accusez d'un crime imaginaire. Non, je n'ai pas trempé mes deux mains dans son sang : votre amant n'est pas mort plus que moi, que je sache !

Hermia. — Dis-moi, dis-moi, je t'en supplie, que mon cher amour est vivant !

Démétrius. — Et si je pouvais en répondre, quelle récompense en aurais-je ?

Hermia. — Le droit de ne jamais me revoir, misérable ! Mais c'est assez, je déteste ta vue ! Je te quitte la place et te défends, dès lors, Lysandre vif ou mort, de m'approcher jamais !

Démétrius. — Dans la colère où je la vois, sans doute qu'il vaut mieux renoncer à la suivre. Hélas ! reposons-nous un peu : mais comme le chagrin plus lourdement accable l'âme que le sommeil déserte ! O bon sommeil, si je t'attends ici patiemment, vas-tu m'être, ce soir enfin, plus favorable ?

(Il se couche par terre et s'endort.)

Obéron. — Ah ! tu te peux vanter d'avoir fait là de beau travail, en t'en allant presser la fleur d'amour sur les yeux clos du plus sincère des amants ! Quel déplorable effet va porter ta méprise ? C'est un très véritable amour qu'il se peut qu'elle rompe ; et le philtre devait ramener l'infidèle et faire un cœur ingrat un cœur d'amant sincère.

Robin. — Hé ! c'est le destin seul qu'il en faut accuser, qui toujours a réglé toutes choses du monde. Pour un unique amant qui peut garder sa foi, n'en fait-il pas mentir un grand million d'autres, qu'on voit entasser, eux aussi, parole sur parole et serments sur promesses ?

Obéron. — Va, pars comme le vent, cours en tous sens le bois ; cherche, trouve Hélène d'Athènes. Elle est toute malade et folle par amour. Son pauvre doux visage est blême et fatigué. Des soupirs déchirants gonflent sa jeune gorge et son sang, dans la fièvre, a perdu sa fraîcheur. Sache me l'amener par quelque sortilège, Robin. Avant qu'elle soit là, j'aurai charmé les yeux de ce jeune homme.

Robin. — Je pars, je vais, je cours, je vole ! Voyez comme je fends les airs, rapide à l'égal de la flèche que l'arc d'un Tartare décoche !

Obéron. *Il presse la fleur sur les yeux de Démétrius.* — Que ton sang subtil, fleur de pourpre, par un trait de l'amour blessée, baigne les paupières qui dorment ! Et quand il reverra sa première maîtresse, puisse-t-elle à ses yeux briller comme la Vénus brille au ciel ! Que si, quand tu t'éveilleras, tu peux la voir auprès de toi, toutes tes peines sont finies : c'est elle qui les guérira.

Robin. — Seigneur des lutins et des fées, Hélène est à deux pas d'ici et l'Athénien la suit, qui fut l'objet de mon erreur. Or, il la presse, il la supplie de le prendre pour son amant. De ces amours, donnons-nous un moment la bonne comédie. Seigneur, quels fous que ces mortels !

Obéron. — Ecartons-nous un peu. Le bruit qu'ils mènent réveillerait Démétrius.

Robin. — Mais c'est que nous aurons alors, pour une belle, deux galants ! Voilà qui nous promet beaucoup d'amusement et, dans cette sorte d'affaires, plus les choses vont de travers, plus je m'amuse, quant à moi !

Lysandre. — Sur quoi pouvez-vous croire, Hélène, que

je veuille vous moquer et vous nuire en vous faisant ma cour ?
Voyez mes yeux : la moquerie a-t-elle de ces larmes ? Je pleure,
Hélène, en vous jurant que je vous aime ; connaissez à mes
pleurs que mes serments sont vrais. Comment pouvez-vous
voir, Hélène, dans ces marques d'amour, les signes du mépris ?

Hélène. — Allez, je le vois bien que votre perfidie ne
fait que s'enhardir et me veut blesser mieux. Hélas ! vous dites
vrai dans l'apparence ; mais comme, en effet, vous mentez !
Lysandre, vos serments donnés à Hermia, prétendez-vous les
lui reprendre ? Pesez serments contre serments, vous n'aurez
pesé qu'un néant ! Mettons dans un plateau de la balance, tant
d'amour pour Hermia protesté ce matin, et mettons dans l'autre plateau tout cet amour que votre cœur proteste ce soir
pour Hélène. Et, sur les deux plateaux, laissant égale la
balance, les deux charges pèsent autant que l'air, le vent ou
la fumée !

Lysandre. — Dans le cas d'Hermia, j'étais hors de raison
quand j'ai donné ma foi.

Hélène. — Si vous n'étiez hors de raison dans ce moment,
Lysandre, parleriez-vous de la reprendre ?

Lysandre. — Mais Démétrius l'aime et ne vous aime pas !

Démétrius, *qui se réveille*. — Hélène, ô ma déesse, ô ma
nymphe, ô parfaite, ô divine, ô mon amour ! A quoi pourrais-je
comparer tes yeux ? Le cristal est trouble auprès d'eux. O les
cerises de ta jeune bouche, comme elles sont mûres pour le
baiser, et comme elles tentent ma bouche ! Et tu lèves ta belle
main : et la froide neige aussitôt, et plus pure, et plus haute, et
plus blanche, qu'au sommet du Taurus caresse le vent d'est,
auprès de cette main éblouissante, la neige paraît noire autant
qu'un noir corbeau ! Ah ! laisse donc que je la baise, cette
main, cette belle petite princesse de blancheur !

Hélène. — Détestable malice, ils se sont mis d'accord
pour moquer mon malheur et se rire de moi. Si vous saviez les
règles de l'honnêteté, si même vous aviez la moindre courtoisie,
vous rougiriez de m'avoir fait un tel affront ! Dites, ne vous
suffit-il pas de me haïr, sans vous unir encore pour ma confusion ?
Si vous étiez vraiment des hommes, comme on peut croire à vous
juger sur l'apparence, n'auriez-vous pas vergogne d'en user
aussi lâchement que vous faites avec une jeune fille bien éle-
vée ? Venir ainsi me protester de votre amour, en accablant
d'éloges trop pompeux ma beauté trop chétive, quand je sais
bien, hélas ! que vous me détestez ! Fi ! fi ! Vous n'étiez que
rivaux dans l'amour d'Hermia, et vous voici rivaux dans le
mépris d'Hélène. C'est d'un joli courage, et l'entreprise est

belle, que de jouter à qui me fera pleurer plus, et saura par des traits de plus âpre ironie consommer mon dépit, ma honte, mon chagrin. Hélas ! peut-on, **peut-on**, sans bassesse de cœur, s'acharner comme vous sur une pauvre fille, et du tourment d'une âme à jamais humiliée tirer tout son plaisir et son amusement !

Lᴠsᴀɴᴅʀᴇ. — Seriez-vous sans bonté, Démétrius ? N'en usez point ainsi : vous aimez Hermia, et vous n'ignorez pas que je le sais fort bien. Voici, c'est volontiers, de tout cœur, qu'ici-même, je vous passe mes droits à l'amour d'Hermia. Mais vous, en retour, cédez-moi les droits que vous avez sur Hélène, que j'aime, et que je veux aimer jusqu'à mon dernier jour !

Hᴇ́ʟᴇ̀ɴᴇ. — Non, jamais moqueurs plus cruels n'auront prodigué tant d'inutiles mensonges !

Dᴇ́ᴍᴇ́ᴛʀɪᴜs. — Point, Lysandre. Gardez Hermia, car je ne veux pas d'elle. Si jamais je l'aimai, cet amour m'a quitté. Si mon cœur fut près d'elle, il y fut en passant, cœur étranger, cœur en visite ; c'est comme à sa patrie, à sa maison natale, qu'il retourne aujourd'hui, pour toujours, près d'Hélène !

Lᴠsᴀɴᴅʀᴇ. — Le peux-tu croire, Hélène ?

Dᴇ́ᴍᴇ́ᴛʀɪᴜs. — Ne va pas t'aviser de vouloir à ses yeux, Lysandre ! dégrader la foi d'un cœur que tu ne connais point ! Ou bien alors, garde que tu me paies très cher ta calomnie ! Tiens ! vois un peu, là-bas, tes amours qui te cherchent.

Hᴇʀᴍɪᴀ *(entrant)*. — L'impénétrable nuit rend aveugles nos yeux, mais elle fait l'ouïe inquiète plus subtile. Nous avons, compensant cette incommodité d'y voir mal, qu'elle entraîne, l'avantage de mieux entendre, qu'elle donne. Mes yeux t'avaient perdu, mon oreille te trouve, Lysandre ! Mais pourquoi donc m'as-tu si méchamment laissée ?

Lᴠsᴀɴᴅʀᴇ. — Hé ! comment voulais-tu qu'il restât, ce Lysandre, dans le temps où l'amour le pressait de partir ?

Hᴇʀᴍɪᴀ. — Mais quel amour pouvait presser Lysandre de s'éloigner d'Hermia ?

Lᴠsᴀɴᴅʀᴇ. — L'amour impérieux, qui seul put m'enlever à toi, m'a conduit où je suis, aux pieds de cette Hélène, dont la beauté, bien mieux que mille et mille étoiles, oui, mieux que tous ces yeux dont le ciel nous regarde, illumine et la nuit et mon cœur plus obscur. Que me viens-tu chercher ? Tu n'as donc point senti quelle haine de toi m'a fait fuir ta présence ?

Hᴇʀᴍɪᴀ. — Vous ne le dites pas en vérité, Lysandre ! Cela ne se peut pas !

Hᴇ́ʟᴇ̀ɴᴇ. — Hélas ! cette perfide est aussi du complot :

ils se sont mis à trois pour me jouer ce lâche tour. Injurieuse Hermia, perfide, ingrate amie, vous associer à eux pour consommer ma honte et ma dérision ! Vous aussi ! Tant de confidences échangées, tant de serments de nous aimer toujours comme deux sœurs, tant de moments vécus ensemble, et si doux à nos cœurs que nous faisions grief au temps rapide, qui chaque fois venait trop tôt nous séparer ! Quoi, tout cela, vous l'avez oublié ! Tout cela, qui est notre amitié des jours d'école et qui est notre enfance ingénument heureuse, vous l'avez oublié, Hermia ? N'avons-nous pas, par l'art de nos aiguilles, comme deux déesses ingénieuses, travaillé côte à côte à créer une fleur ? Assises toutes deux sur le même coussin, nous chantions un même air en poussant nos aiguilles ; même air et mêmes voix, Hermia, c'était comme si nos voix et nos mains, et nos flancs et nos âmes, se fussent tout mêlés, indissolublement. Et nous avons ainsi grandi, comme deux cerises jumelles qui, séparées en apparence, sont en effet nouées sur une tige unique. On nous voyait deux corps qu'animait un seul cœur ; deux en une, comme les cottes d'armoiries, unies dans un écu sous un cimier unique. Hermia, tu pourrais rompre soudain les nœuds d'une tendresse ancienne, et te joindre à ceux-là dans le lâche propos qu'ils ont formé de bafouer ta pauvre amie ? Ce n'est point en user en amie, non plus qu'en jeune fille honnête et, quoique je sois seule à subir leurs outrages, tout notre sexe, Hermia, vous blâmerait en moi.

Hermia. — Ce reproche m'étonne, Hélène ; qu'est-ce à dire ? Je ne vous moque pas, et c'est vous qui raillez !

Hélène. — Et qui donc, sinon vous, put inciter Lysandre à s'attacher comme il fait à mes pas, vantant par ironie mes yeux et mon visage ? Qui donc put inspirer à votre autre amoureux, Démétrius, hélas ! de me donner ces noms de nymphe et de déesse ; et d'où vient qu'il me dit et rare et précieuse, lui qui jusqu'aujourd'hui me repoussait du pied ? Pourquoi tant de douceurs à celle qu'il déteste ? Que Lysandre vient-il nier l'amour de vous, dont il a l'âme pleine, s'il ne vous obéit ou s'il n'a votre aveu ? Pourquoi me l'offre-t-il, à moi, et sous vos yeux ? Est-ce ma faute, hélas ! si je n'ai pas vos charmes ; si l'amour ne veut pas, comme à vous, me sourire ? Est-ce ma faute si je pleure, quand j'ai si mal d'aimer tant sans qu'on m'aime ? Vous devriez me plaindre et non me mépriser.

Hermia. — Je ne vous entends pas, Hélène.

Hélène. — Oui, oui, persévérez, faites durer le jeu. Feignez l'affliction, la surprise inquiète, et puis moquez-moi bien, quand j'ai le dos tourné ; multipliez clins d'yeux, signes d'intel-

ligence, et soutenez le ton de la plaisanterie. Poussez-la ferme
jusqu'au bout ! La pièce est bonne : il en sera parlé partout !
Mais moi, je ne me verrais pas indignement jouée, si vous aviez
quelque bonté de cœur, quelque noblesse ou quelque honnêteté.
Oh ! adieu ! Tout cela ne laisse pas d'être ma faute aussi, que
l'absence ou la mort vont bientôt expier.

LYSANDRE. — Chère Hélène, restez, entendez mon excuse,
ô mon amour, ma vie, mon âme, belle Hélène !

HÉLÈNE. — Allez, c'est trop bien dit !

HERMIA. — Mon doux ami, cessez enfin de la moquer.

DÉMÉTRIUS. — Si Hermia ne le fait taire en l'en priant,
je sais d'autres moyens qui pourraient l'y contraindre.

LYSANDRE. — Hermia ne saurait me fléchir ; et tu ne peux,
toi, me contraindre. Considère sur moi l'effet de ta menace et
dis-toi qu'elle est vaine autant que ses prières. Je t'aime,
Hélène, je le jure sur ma vie. Et voici, je suis prêt à la risquer
pour toi, si quelque menteur s'aventure à dire encore que je ne
t'aime pas.

DÉMÉTRIUS. — Je dis, Hélène ! que, moi, je t'aime plus
qu'il ne pourrait t'aimer.

LYSANDRE. — Ah ! ton audace monte à le prétendre
encore ? Viens, fais voir ton courage à quatre pas d'ici !

DÉMÉTRIUS. — Allons, point de retard !

HERMIA, *qui se noue à Lysandre.* — Qu'est-ce que tout
ceci veut dire, mon Lysandre ?

LYSANDRE. — Me veux-tu bien lâcher, négresse !

DÉMÉTRIUS. — Rassurez-vous : notre héros ne viendra
mie ! L'on se montre colère, et l'on feint de me suivre, mais on
a garde d'en rien faire : ah ! ah ! Lysandre, vous voilà, doux
comme un mouton, notre héros !

LYSANDRE. — Ah ! sale chienne, à bas ! A bas, lierre tenace,
ordure immonde ! Lâche-moi, ou je m'en vais te secouer de
moi comme un serpent !

HERMIA. — Pourquoi devenez-vous si grossier tout d'un
coup ; pourquoi ce changement soudain, mon cher amour ?

LYSANDRE. — Ton cher amour ? Va-t'en, Tartare infecte,
loin de moi, remède affreux contre l'amour ! A la fin, lâche-moi !

HERMIA. — Vous plaisantez, sans doute ?

HÉLÈNE. — Sans doute qu'il plaisante, hélas ! et vous
aussi.

LYSANDRE. — Démétrius, je te tiendrai parole !

DÉMÉTRIUS. — Vous plaît-il m'en donner par écrit l'assu-
rance, car à vous retenir suffit un lien fragile et dans votre
parole on ne se peut confier !

Lysandre. — Hé ! Puis-je la blesser, la battre, la tuer ? J'ai beau la détester de tout mon cœur, je ne veux pas lui faire mal !

Hermia. — Son bras m'en pourrait-il faire plus que sa haine ! Lysandre, vous me détestez ? Pourquoi, mon cher amour, pourquoi ? Ne suis-je plus Hermia, n'êtes-vous plus Lysandre ? Toute beauté, soudain, m'aurait-elle quittée ? Tu m'aimais cette nuit ; cette nuit, tu m'as fui. Tu m'as laissée ? Faites, faites, ô dieux, que ce ne soit pas vrai ! Toi, tu m'aurais laissée, mais laissée tout de bon ?

Lysandre. — Oui bien, et sans retour, je te le jure ! Je désire surtout de ne te voir jamais. Quitte bien tout espoir, sors de tes derniers doutes, je ne plaisante pas et rien n'est plus certain : c'est Hélène que j'aime et, toi, je te déteste.

Hermia. — A moi ! Ah ! voleuse d'amour, ah ! sorcière, ah ! chenille ! Tu t'es glissée ici, par cette nuit complice, pour me venir voler le cœur de mon amant.

Hélène. — La colère vous sied, ma foi ! Il faut que vous soyez sans modestie et sans décence ; il faut que vous n'ayez pas l'ombre de pudeur féminine ! Quoi ! vous voulez forcer ma bouche bien apprise à prendre votre ton pour vous répondre ici ? Hypocrite, fi donc ! Fi ! fi ! marionnette !

Hermia. — Marionnette ? Ah ! mais je devine à présent le fond de cette histoire. Elle aura fait valoir, aux yeux de mon Lysandre, combien sa taille est grande et la mienne petite ! Et son grand, son long personnage, dans la comparaison, emporta l'avantage. Hé quoi ! c'est parce que je suis petite, que tu montas d'un coup si haut dans son estime ? Dis-moi, suis-je à tes yeux à ce point minuscule ? Réponds un peu, mât de Cocagne, grande perche ! Ah ! petite, je suis si petite ? Nous allons voir ! Je ne le suis pas tant, je pense, que je ne puisse encore griffer tes yeux avec mes ongles !

Hélène. — Messieurs, vous m'avez bien moquée, mais s'il vous plaît, empêchez-la de me faire du mal. Je n'ai jamais été méchante, messieurs, je ne sais pas me battre et, pour la lâcheté, je suis une vraie fille. Ne me laissez pas battre, s'il vous plaît. Ne croyez pas que je sois en état de tenir tête parce qu'elle est plus petite que moi.

Hermia. — Hein ? *plus petite*, elle répète, *plus petite !*

Hélène. — Ma bonne Hermia, soyez moins mauvaise avec moi. Hermia, je vous ai toujours bien aimée, je ne crois pas vous avoir jamais fait d'offense, si ce n'est quand j'ai dit à mon Démétrius, mais c'est l'amour qui m'y poussait, que vous aviez, Lysandre et vous, fui dans ce bois. Il vous suivait, l'amour me l'a fait suivre ; il s'est mis en colère et m'a voulu chasser ; et il m'a fait menace de me frapper, de me piétiner, de me tuer. Maintenant, s'il vous plaît me laisser m'en aller, sans m'attacher davantage à vos pas, je porterai ma folie vers Athènes. Laissez-moi m'en aller, messieurs. Vous voyez comme je suis simple : c'est l'amour qui m'a rendue folle.

Hermia. — Hé bien ! allez, partez ! Qui vous retient ici ?

Hélène. — Mon pauvre fou de cœur que j'y laisse après moi.

Hermia. — Avec Lysandre ?

Hélène. — Avec Démétrius.

Lysandre. — Va, chère Hélène ! tu n'as rien à craindre d'elle.

Démétrius. — Vous dites bien, monsieur. Elle n'a rien à craindre... bien que vous preniez sa défense.

Hélène. — C'est qu'elle est furieusement méchante, quand elle est en colère. A l'école déjà, c'était un diable à quatre. Elle a beau n'être pas bien grande, elle n'en est pas moins féroce !

Hermia. — Quoi, *pas bien grande !* Encore ! Elle n'a rien d'autre à la bouche ! Allez-vous la laisser m'insulter plus longtemps ? Que je t'attrape, grande perche !

Lysandre. — Vas-tu filer d'ici, minuscule embryon : le cordon qui le noue l'empêche de grandir ! Vas-tu filer, mauvaise graine, parve peste !

Démétrius. — Ne multipliez point ainsi vos bons offices pour Hélène, qui n'en a cure. Laissez-la donc en paix, cessez de parler d'elle et gardez-vous de vous mêler de la défendre. C'est un soin qui me touche et, si vous prétendez dores et en avant lui marquer de l'amour, c'est moi qui vous le dis, vous paierez votre audace.

Lysandre. — Bon ! à présent qu'elle ne me tient plus, si tu l'oses, suis-moi. Nous allons voir quels droits, ou des miens ou des tiens, emporteront Hélène !

Démétrius. — Moi, te suivre ? Non pas ! Marchons donc, s'il te plaît, côte à côte et de front !

(Sortent Lysandre et Démétrius.)

Hermia. — Hé bien ! c'est pourtant vous, madame, qui causez cette belle affaire ! Non, non, ne t'en vas pas.

Hélène. — Oh ! je ne me fie plus à vous. J'entends quitter votre maudite compagnie ; si votre main à griffer est plus prompte, j'ai la jambe plus longue et qui peut mieux courir.

(Hélène se sauve.)

Hermia. — Je reste confondue et ne sais que penser...

(Hermia s'élance à la poursuite d'Hélène.)

Obéron. — Voilà bien de tes coups de négligence ! Tu ne saurais manquer une bévue, quand ce n'est pas exprès que tu joues de ces tours !

Robin. — O roi des ombres, croyez-moi, l'erreur est tout involontaire. Et, vous-même, avez-vous pas dit que c'est à son habit que je connaîtrais l'éphèbe d'Athènes ? Voyez combien cette méprise est innocente, puisque c'est bien aussi d'un Athénien que j'ai charmé les yeux. Mais je suis fort content du tour qu'ont pris les choses, car m'est avis que leur bisbille est assez drôle.

Obéron. — Regarde ! Ils ont choisi la place où vider leur querelle. Vite, petit Robin, épaissis la ténèbre, tends sous le ciel aux mille étoiles un dais de lourdes brumes plus humide, plus noir que le noir Achéron. Egare dans la nuit ces rivaux irrités, et fais qu'en aucun point leurs chemins ne se coupent. Feins la voix de Lysandre et, défiant Démétrius d'outrages plus cinglants, lance-le sur ta trace, puis, par un prompt retour, viens insulter Lysandre avec la voix de son rival. Ainsi, fais-les courir sans qu'ils se puissent joindre, jusqu'à ce que le grand sommeil, image de la mort, ferme sur eux ses ailes et les écrase doucement de tout son poids. Alors, Robin, sur les paupières de Lysandre, exprime la liqueur de l'herbe que voici : elle a vertu d'ôter d'illusion les yeux que l'autre herbe a charmés, et les fait voir ainsi qu'ils ont accoutumé. A leur réveil, si cette scène de folie, que ton erreur leur fit ici jouer, hante encore un moment leur mémoire incertaine, ils ne la verront plus qu'une sorte de rêve. Et nos amants iront ensemble vers Athènes en resserrant les nœuds, que l'amour pensa rompre, d'une amitié qui les liera toute leur vie. Pour moi, tandis que tu t'occuperas d'accomplir mon propos avec exactitude, je m'en vais joindre Titania et me faire donner le petit Indien. Désenchantant ses yeux, je saurai lui montrer son monstre ce qu'il est, et la paix sur mes bois reprendra son empire.

Robin. — Mais, roi des ombres, il faut agir sans différer, car déjà les dragons nocturnes fendent à plein vol les nuages ; le signe avant-coureur de l'aube a déjà lui ; et, des spectres venus du prochain cimetière, la troupe court vers ses demeures souterraines. Et déjà les damnés qui dorment sous les eaux, ou qu'on a mis en terre au carrefour des routes, ont vitement rejoint les vers qui les attendent : car, de peur que le jour ne divulgue leur honte, ces âmes au silence éternel condamnées s'exilent pour jamais du règne du soleil.

OBÉRON. — Mais nous ne sommes point de ces tristes esprits. J'ai souvent joué, quant à moi, avec la suave Lumière. et, comme un forestier, je parcours à mon gré le bois jusqu'à cette heure où les portes de l'Orient, comme sur un immense et joyeux incendie, s'ouvrent pour inonder Neptune de rayons et changer, jusques aux confins des mers salées, en flots multipliés d'or clair les vagues vertes ! Va, toutefois, hâtons-nous sans délai. Nous pouvons dépêcher la chose avant le jour.

ROBIN :

> *Par vaux et monts, par monts et vaux,*
> *Je vais les mener sans repos.*
> *Gens des villes et gens des plaines,*
> *J'aime qu'en tous lieux on me craigne ;*
> *Par vaux et monts, par monts et vaux*
> *Menons la course sans repos !*

(Entre Lysandre.)

En voici un !

LYSANDRE. — Hé ! glorieux Démétrius, grand brave, où donc te caches-tu ?

ROBIN, *imitant la voix de Démétrius.* — Ici, lâche, à nous deux ! Où donc es-tu toi-même ?

LYSANDRE. — J'accours et me voici !

ROBIN. — Alors, veuille me suivre en terrain plus égal !

(Rentre Démétrius.)

DÉMÉTRIUS. — Hé bien ! Lysandre, parle et me réponds enfin ! Le pleutre s'est sauvé. Dans quel buisson s'est-il fourré ? Poltron, où caches-tu ta tête ?

ROBIN, *imitant la voix de Lysandre.* — Couard ! Vas-tu longtemps menacer les étoiles, et clamer aux buissons que tu veux ton duel ? Méchant gamin, viens ça recevoir ta fessée, car je te vais fouetter : ne crois pas que je veuille dégrader mon épée en en touchant la tienne !

DÉMÉTRIUS. — J'accours. Est-ce ici que tu gîtes ?

ROBIN. — Viens, suis ma voix : la place est mal choisie à mesurer nos chances.

(Rentre Lysandre.)

LYSANDRE. — Il court devant et me défie. Quand j'arrive à l'endroit d'où partait son appel, il s'en est envolé. Je cours tant que je peux. Il faut que ce manant ait aux talons des ailes ; plus je cours, et plus il est prompt à fuir. Euh ! me voici dans un chemin des plus obscurs et des plus malaisés. Que faire ici ? Ma foi, je vais m'y reposer un peu. Hâte donc ta venue, jour favorable ! *(Il se couche par terre.)* Car, à la fine pointe du matin, je saurai bien, Démétrius ! découvrir mon rival et me venger enfin.   *(Il s'endort.)*

(Entre Démétrius à la poursuite de Robin.)

Robin. — Ho ! ho ! ho ! ho ! Que ne viens-tu, maroufle ?

Démétrius. — Ah ! canaille, attends-moi, si tu l'oses, car tu fuis devant moi, tu crains de m'affronter... Où es-tu maintenant ?

Robin. — Par ici, me voilà !

Démétrius. — Oui, tu peux te moquer. Mais tu me le paieras, si je revois jamais ton visage au grand jour ! Va, pour l'heure, va ton chemin. Mon courage le cède enfin à la fatigue et je me vais coucher sur la terre et dormir. Mais souviens-toi, lâche ennemi, qu'au point du jour je saurai bien te retrouver !

(Il se couche et s'endort.)
(Rentre Hélène.)

Hélène. — O désespoir ! Nuit accablante, nuit trop lente ! écourte un peu ton morne règne, et vienne à l'Orient l'Aurore secourable, qu'enfin je puisse à la clarté du jour gagner la ville et fuir enfin qui me déteste. Et toi, sommeil, toi qui parfois descends fermer les yeux de ceux qui souffrent, veuille pour un moment m'enlever à moi-même !

(Elle se couche et s'endort.)

Robin. — Et de trois : mais il m'en faut quatre, pour les accoupler deux à deux. Hé ! voici l'autre, colère et triste : vraiment, Amour est un cruel bambin de faire ainsi perdre la tête aux femmes.   *(Rentre Hermia.)*

Hermia. — Les genoux et les mains déchirés aux épines, et toute mouillée de rosée, comme jamais encore et lasse et malheureuse, je ne peux plus marcher ni me traîner plus loin. Nos désirs vont, hélas ! plus vite que nos pas. Je vais dormir ici jusqu'au lever du jour. Et si Lysandre doit se battre cette nuit, veuille le Ciel le prendre en sa très sainte garde.

(Elle se couche et s'endort.)

Robin. *Il exprime le suc de la plante sur les yeux de Lysandre :*

> *Dors sans rêve ni mémoire,*
> *Dors, bel amoureux,*
> *Dors sur l'herbe noire,*
> *Que je délivre tes yeux*

Du charme qui les égare.
Tu sentiras, en renaissant au jour,
Un plaisir nonpareil à retrouver l'amour
Dans les beaux yeux de ta première bien-aimée.
On verra s'accomplir le dicton paysan !
A chacun sa chacune, à Jeannette son Jean !
Chacun enfourchera sa bonne haquenée,
Et tout ira des mieux dans le meilleur des mondes !

Rideau.

ACTE IV

Une autre partie du bois.

Entrent Titania, Mesfesses, les Esprits de la suite de Titania.
Obéron qui se dissimule à l'écart.

Titania. — Viens t'asseoir près de moi, sur ma couche de fleurs, que je fasse caresse à ces amours de joues ; viens me donner ta douce tête, je la veux couronner de roses odorantes ; mon beau petit amant charmant, viens que je baise un peu ta belle grande oreille.

Mesfesses. — Où perche Fleur-des-Pois ?

Fleur-des-Pois. — Ici, pour votre service.

Mesfesses. — Fleur-des-Pois, grattez-moi la tête. Où est M. Toile d'Aragne ?

Toile d'Aragne. — Ici, tout à vos ordres.

Mesfesses. — Ah ! Monsieur Toile d'Aragne, mon bon monsieur, prenez vos armes et tuez-moi, sur la fleur d'un chardon, un gros cul rouge de bourdon bourdonnant. Vous me rapporterez son sac à miel, mon bon monsieur. Tâchez de ne pas trop vous échauffer, monsieur, et faites bien attention que le sac à miel ne crève pas en route. Car j'aurais chagrin de vous voir emmiellé, Signor, des pieds jusqu'à la tête ! Où a passé M. Grain-de-Moutarde ?

Grain-de-Moutarde. — Que puis-je pour votre service ?

Mesfesses. — Mais rien, mon bon monsieur, rien du tout, hors aider le *caballero* Fleur-des-Pois à me gratter la tête. Ah ! monsieur, il faudra que j'aille trouver le coiffeur un de ces jours ; il me semble que j'ai la figure furieusement poilue, et je suis un âne si sensible qu'il faut que je me gratte, pour peu que le poil me démange.

Titania. — Doux ami, te plaît-il entendre un peu de musique ?

Mesfesses. — Mais oui ; j'ai l'oreille assez bonne, je crois. Qu'on apporte les claquettes et le bombardon.

(Musique de scène.)

Titania. — Dis-moi, mon cher amour, qu'aimerais-tu manger ?

Mesfesses. — Ma foi, je boufferais bien un bon picotin d'avoine. Une botte de foin ne ferait pas mal non plus dans le paysage. Une belle botte de foin, de bon foin bien frais, il n'y a que ça, voyez-vous, il n'y a que ça !

Titania. — J'ai une fée quêteuse qui va nous dénicher quelque réserve d'écureuil ; elle t'en apportera des noix toutes fraîches.

Mesfesses. — Une poignée ou deux de pois secs eût mieux fait mon affaire. Mais faites-moi le plaisir d'empêcher vos gens de venir me déranger maintenant : je me sens des envies de pioncer.

Titania. — Dors, mon bellot, dors bercé dans mes bras. Allez, mes fées, courez à vos travaux ! Ainsi le chèvre-feuille avec amour s'enlace au chèvre-feuille ; ainsi, le doux lierre femelle se noue au corps rugueux des ormes. Oh ! que je l'aime ! Ah ! que je suis folle de lui ! *(Ils dorment. Entre Robin.)*

Obéron, *qui s'avance.* — La bienvenue au bon petit Robin ! Viens un peu voir un aimable spectacle ! Va, sa folie enfin a touché ma pitié. Tout à l'heure, Robin, l'ai-je pas rencontrée qui s'en allait cueillant à l'orée de ce bois d'exquises baies pour cet imbécile crasseux ! Ma foi, je lui ai fait honte de sa conduite, et nous nous sommes querellés. Figure-toi qu'elle venait d'orner cette tête velue d'une couronne des plus légères fleurs et des plus parfumées ; si bien que les perles de rosée, dont l'orient brille à l'accoutumée et si vif et si gai dans l'écrin en velours des corolles, semblaient, au bord des petits yeux des fleurs, autant de larmes pour pleurer sur leur disgrâce. Quand, au gré de mon déplaisir, j'eus raillé congrûment et bien grondé la reine, et qu'en des termes les plus humbles, elle m'eut conjuré de lui être indulgent, je lui ai demandé l'enfant volé et, tout de suite, elle a cédé, mandant à quelqu'un de sa suite de le conduire sur le champ dans ma retraite, au beau royaume des génies. Et maintenant que j'ai l'enfant, je m'en vais la tirer de son illusion. Ote sa tête d'âne à ce beau greluchon. Il faut qu'il se réveille avec les autres et puisse regagner Athènes avec eux, sans que les accidents dont la nuit fut marquée laissent rien à ces misérables que la mémoire de tourments soufferts en songe. Mais il est temps de délivrer la reine. *(Il dit et s'approche d'elle.)* O reine, sois à toi-même rendue ! Tes yeux verront comme hier ils ont vu ; car la vertu du bouton de Diane doit prévaloir, même contre le charme qui réside en la fleur par Cupidon blessée ! Là, Titania, ma douce reine, éveillez-vous !

Titania *se réveille et reconnaît Obéron.* — Cher Obéron ! Quel rêve je faisais ! Je rêvais que j'étais amoureuse d'un âne.

Obéron, *désignant Mesfesses.* — Vous pouvez voir ici vos amours endormies.

Titania. — Qui m'a fait le jouet de ces erreurs étranges ? Que je trouve à présent ce visage odieux !

Obéron. — Silence ! Toi, Robin, ôte-lui cette tête. Appelle ici tes musiciens, Titania, et qu'on m'accable ces dormeurs du plus profond sommeil dont vivants aient dormi.

Titania. — Holà, musique ! un air à donner le sommeil.

(Un air doux et monotone.)

Robin, *qui détache la tête d'âne des épaules de Mesfesses.* — A ton réveil, vois toutes choses à ton ordinaire ; c'est-à-dire comme les peut voir le dernier des imbéciles.

Obéron. — Jouez, musique. Et vous, ma reine, allons et, nous prêtant les mains pour bercer leur sommeil, donnons à l'univers le rythme d'un berceau. Nous voici renoués d'une amitié parfaite, et solennellement, demain, sur le minuit, nous pourrons entrer chez Thésée, y danser un pas triomphal, et le bénir dans sa postérité la plus lointaine. Et nous verrons, près de Thésée et d'Hippolyte, s'unir aussi ces deux couples d'amants sincères. Tous auront part à notre joie !

Robin :

> *Roi des génies, attends, écoute !*
> *J'entends l'alouette du matin.*

Obéron :

> *Hâtons-nous, ma reine, en silence ;*
> *Courons après les douces ombres de la nuit :*
> *Ne sommes-nous, plus que la lune vagabonde,*
> *Prompts à voler autour du monde ?*

Titania :

> *Venez, mon cher seigneur, venez ;*
> *Ne manquez pas de me conter en route*

Comment il se put faire, cette nuit,
Que vous m'ayez trouvée dormant ici, par terre,
Au beau milieu de ces mortels?

(Ils sortent. Aussitôt on entend une sonnerie de cors.)

(Entrent Thésée, Hippolyte et leur suite.)

Thésée. — Qu'on aille me quérir le forestier, car nous avons planté le mai et, dans l'aurore neuve et la jeune lumière, je veux donner à mes amours le concert matinal des beaux chiens de ma chasse. Découplez-les dans la vallée occidentale. Allez, faites, vous dis-je, en toute promptitude et ramenez le forestier. Belle reine, gagnons le haut de la montagne pour entendre à nos pieds l'harmonieux vacarme de la meute aux cent voix mêlées et confondues, par les bois où l'écho répond à ses abois.

Hippolyte. — Il m'arriva d'accompagner Hercule, un jour qu'avec Cadmus, dans la forêt de Crète, ils faisait forcer l'ours par des limiers de Sparte. Je n'entendis jamais tapage plus aimable. Les tranquilles bosquets, les fontaines chantantes, l'azur sonore sur nos têtes, et toute la nature immense autour de nous, tout n'était plus qu'un noble cri, une fière clameur dans le jour magnifique ; et jamais plus mélodieux tumulte n'étonna davantage oreille plus charmée.

Thésée. — Mes chiens aussi sont de race spartiate, fauves comme le sable, à babines énormes ; l'oreille longue, et qui leur pend, balaie à fleur des prés la rosée matinale. Ils ont des fanons, comme les taureaux de Thessalie. Bas sur pattes, et lents à la poursuite, ils sont, si je puis dire, assortis pour la voix comme un beau carillon de cloches. Et jamais, certes, appel des cors, en Crète, en Thessalie ou à Lacédémone, ne souleva concert d'abois mieux accordés. Vous les allez entendre et pouvoir en juger. Mais, halte-là ! Ces nymphes, qui sont-elles ?

Egée. — Hé ! C'est ma fille, monseigneur, qui dort ici ! Voici Lysandre ! Et puis, voici Démétrius ! Et celle-là, c'est Hélène, c'est la fille du vieux Nédar. Mais comment se peut-il qu'ils soient là tous ensemble ?

Thésée. — C'est sans doute qu'ils sont venus de bon matin accomplir les rites de mai. Mais, dites-moi, Egée, n'est-ce point aujourd'hui qu'Hermia doit choisir et vous faire réponse ?

Egée. — Oui, monseigneur, c'est aujourd'hui.

Thésée. — Allez, commandez aux veneurs de sonner de leurs cors pour réveiller nos gens.

*(Cris et sonnerie de cors. Démétrius, Lysandre, Hermia,
Hélène, réveillés en sursaut, se lèvent.)*

Thésée. — Bonjour, amis. La Saint-Valentin est passée :
est-ce d'aujourd'hui seulement que l'on voit s'accoupler les
oiseaux de ce bois ?

Lysandre *s'agenouille, ainsi que Démétrius, Hélène et
Hermia.* — Monseigneur, pardonnez...

Thésée. — Je vous en prie, levez-vous tous. Je vous connais pour deux rivaux fort ennemis. D'où vient cette concorde
où vous semblez unis, et qui fait votre haine et votre jalousie
s'endormir côte à côte et cesser de se craindre ?

Lysandre. — Dans un étonnement dont je ne reviens
point, je vous répondrai, monseigneur, comme vous peut répondre un homme à demi réveillé, mais dormant à moitié. Comment
j'ai pu venir ici, je ne le sais, je vous le jure, mais je crois... je
voudrais dire bien tout ce qui s'est passé... oui, j'en suis sûr,
c'est bien cela, je me souviens... Oui, c'est avec Hermia que je
vins en ce bois, dans le propos que nous avions de fuir Athènes et de nous aller mettre à l'abri de ses lois.

Egée. — C'est assez, monseigneur, vous en savez assez.
La loi, je réclame la loi ; appliquez-lui la loi dans toute sa
rigueur. Ils voulaient se sauver, ils voulaient nous jouer, Démétrius, et vous frustrer de votre épouse, et passer outre à mon
consentement !

Démétrius. — Ma belle Hélène, monseigneur, m'avait ins-
truit de cette fuite et de leur rendez-vous ici. La haine et la
fureur m'ont fait les y poursuivre, et l'amour attachait les pas
d'Hélène aux miens. Monseigneur, par l'effet d'un pouvoir que
j'ignore, et sans doute que c'est un pouvoir inconnu, mon
amour pour Hermia a fondu comme neige ; s'il m'en souvient, c'est comme il me peut souvenir des vains jouets qui
m'ont ravi dans mon enfance. Car, à présent, mon amour et
ma foi, l'objet de tous mes vœux, le bonheur de mon cœur, le
plaisir de mes yeux, c'est Hélène, et ce n'est qu'Hélène ! Monseigneur, un malade prend en dégoût des nourritures les meil-
leures. J'étais malade et détestais Hélène. Mais, aujourd'hui,
la santé m'est rendue, la nature l'emporte et je reviens à elle.
Car c'est elle que j'aime ; elle que je désire ; c'est pour elle que
je soupire, et je lui veux être à jamais fidèle.

Thésée. — Vous voici, beaux amants, heureusement unis.
Il faudra que vous nous contiez le détail de votre aventure.
Je n'en veux point user selon vos vœux, Egée, et tout à l'heure,
au temple, en même temps que nous, on unira ces jeunes cou-

ples pour la vie. La matinée est un peu avancée, laissons donc là notre projet de chasse, et tous en route vers Athènes ! Trois pour trois ! Nous allons célébrer des noces magnifiques ! Venez, mon Hippolyte.

(Thésée et Hippolyte sortent avec leur suite.)

DÉMÉTRIUS. — Tous les événements de cette nuit ne sont que brumes, comme ces montagnes que dans l'éloignement on prend pour des nuages.

HERMIA. — Dois-je en croire à présent mes yeux ? Je regarde les mêmes choses, mais il me semble que mes yeux les voyaient cette nuit tout autres.

HÉLÈNE. — C'est bien mon sentiment. Démétrius est à moi ce matin. Il me semble que c'est comme un bijou qu'on trouve : il est à moi sans l'être...

DÉMÉTRIUS. — Je me demande si je dors et si je rêve. Mais ne pensez-vous point que notre duc était là tout à l'heure, et qu'il nous a dit de le suivre ?

HERMIA. — Il y avait aussi mon père...

HÉLÈNE. — Et Hippolyte...

LYSANDRE. — Et c'est au temple que le duc nous a commandé de le suivre...

DÉMÉTRIUS. — Bon, nous sommes bien réveillés. Suivons le duc. Nous pourrons nous conter nos songes en chemin.

(Tandis qu'ils sortent, Mesfesses se réveille.)

MESFESSES. — Quand ma réplique viendra, appelez-moi, je répondrai. Mon texte, c'est : *Très beau Pyrame !...* Holà, Cognasse ; holà, Flûtiau, le raccommodeur de soufflets ! Niflet, hé, le chaudronnier ! Claquedent, Claquedent ! Mort de ma vie, ils ont tous foutu le camp et ils m'ont laissé dormir là par terre ! J'ai fait un rêve extraordinaire, et tout l'esprit d'un homme ne suffirait pas à l'expliquer, ce rêve-là : il faudrait être un âne pour vouloir s'en mêler. Il me semblait que j'étais... ah ! personne ne saurait dire quoi ! Il me semblait que j'étais... il me semblait que j'avais... Mais il faudrait être un fichu pantin pour vouloir essayer de dire ce qu'il me semblait que j'avais... Jamais, au grand jamais, ni l'œil, ni la langue, ni la main des hommes ne pourront entendre, et jamais ni l'oreille, ni le cœur des hommes ne pourront raconter ce qu'a été mon rêve. Il faut absolument que Pierre Cognasse m'en écrive une ballade. Nous l'intitulerons « Le rêve de Mesfesses », ce rêve qui n'a point de fondement ; et je la réciterai au duc à la fin d'une comédie, ou même peut-être que je chanterai la chose après la mort de mon personnage, pour rendre cette mort plus aimable.

SCÈNE II

Athènes. — Une chambre dans la maison de Cognasse.

Entrent Cognasse, Flutiau, Niflet et Claquedent.

Cognasse. — Est-ce que quelqu'un a vu Mesfesses ? Sait-on s'il est rentré chez lui ?

Claquedent. — On ne sait pas où il est. On nous l'aura enlevé, bien sûr.

Flutiau. — S'il ne vient pas, adieu notre spectacle ! Nous ne pouvons pas nous passer de lui.

Cognasse. — Oh ! il n'y a rien à faire sans lui. Hors lui, il n'y a pas, dans tout Athènes, un homme qui soit capable de jouer Pyrame.

Flutiau. — Parbleu ! c'est simplement le plus beau talent de tous les artisans d'Athènes.

Cognasse. — Oui, c'est le plus joli homme qu'on puisse voir. Et quelle voix de théâtre, quel amour de voix !

Flutiau. — Un amour de voix, ça ne veut pas dire grand'-chose : dites que sa voix est une voix d'or et, en fait de voix, la merveille des merveilles. *(Entre Mignon.)*

Mignon. — Mes amis, le duc revient du temple, et il y a deux ou trois seigneurs et belles dames qu'on a mariés en même temps qu'Hippolyte et notre duc. Si nous avions pu leur jouer notre pièce, nous étions tous du jour au lendemain des gens en place.

Flutiau. — O cher bon gros vieux, ô Mesfesses ! Voilà qu'il a perdu une pension de douze sous par jour, et pendant toute sa vie. Une pension de douze sous, pour le moins, et qu'on ne pouvait pas ne pas lui faire. Car le duc la lui aurait donnée pour jouer Pyrame, ou je veux qu'on me pende : et il l'aurait amplement méritée ; Pyrame valait bien ça ! Douze sous par jour pour Pyrame, ou rien. *(Entre Mesfesses.)*

Mesfesses. — Où sont ces bons copains ; où sont ces braves cœurs ?

Cognasse. — Mesfesses ! O jour héroïque, heure bénie !

Mesfesses. — Mes enfants, j'ai des merveilles à vous raconter. Mais ne me demandez pas quelles maintenant. Si je vous le dis, je veux perdre mon nom, et l'on pourra crier partout que je ne suis plus un bon citoyen... Plus tard, je vous raconterai les choses par le menu, exactement comme elles se sont passées.

Cognasse. — Raconte, Mesfesses.

Mesfesses. — Vous ne me tirerez pas un mot. Tout ce que je veux vous dire, c'est que le duc a déjà dîné. Dépêchez-vous de vous habiller. Attachez bien vos barbes. Mettez des rubans neufs à vos souliers et trouvez-vous bientôt au palais. Repassez tous vos rôles ; car, en un mot comme en cent, notre pièce est attendue avec beaucoup d'intérêt. En tous cas, il faut que Thisbé ait du linge propre, et que l'acteur qui fait le lion ne se rogne pas les ongles : il faut que le lion puisse montrer ses griffes. Comédiens de mon cœur, s'il vous plaît, ne mangez pas d'ail ni d'oignons, pour garder l'haleine douce. Vous verrez que nous ferons dire au public : *Voilà une pièce ravissante !* Mais assez parlé ; en avant, marche ! et partons pour la gloire !

Rideau.

ACTE V

Athènes. Un appartement dans le palais de Thésée.

Entrent : Thésée, Hippolyte, Philostrate, personnages de la suite.

Hippolyte. — Ces amants, mon Thésée, font des contes étranges.

Thésée. — Plus étranges que vrais, sans doute. Jamais on ne me fera croire à tous ces vieux contes de fées. Ce ne sont rien que fables et que billevesées. Les amants et les fous ont le cerveau brumeux ; leur imaginative et crédule et bizarre s'empresse en toutes choses d'admirer ce que la raison saine a refusé d'y voir. Les fous, les amoureux et les poètes sont tout imagination. L'un voit plus de démons que l'enfer n'en abrite : c'est le fou ; pour l'amant, son frère en frénésie, la beauté célèbre d'Hélène pare une moricaude à ses yeux prévenus. Et cependant, au gré du beau feu qui l'anime, l'œil du poète embrasse et la terre et les cieux. Il rêve, il imagine, il prête corps et forme à ce qu'il ne peut voir et, par l'art de sa plume à son esprit docile, habile à susciter du néant les symboles, le poète donne aux abstractions des noms comme aux personnes ; le poète accouche ses symboles à la réalité, les fait esprit et chair et se découvre en eux qu'il a trouvés en lui. Et ce sont là les jeux d'imaginations si promptes et si fortes que, s'il vient à quelqu'un qu'elle domine ainsi quelque sujet de joie, l'imagination veut que jusques à lui le bonheur ait volé sur l'aile d'un beau messager, ange ou colombe. Mais que la nuit l'opprime et que la peur l'émeuve, l'ombre de toutes parts se peuple, le menace, le presse, vient sur lui : il n'est plus un buisson qui ne forme à ses yeux un monstre épouvantable !

HIPPOLYTE. — Il est vrai. Cependant, ces amants m'ont troublée. L'histoire de leur nuit, telle qu'ils l'ont contée, et tous ces mouvements soudains de leurs esprits tous ensemble changés, attestent, je m'assure, autre chose et bien plus que les illusions de l'imaginative. Je sens, dans tout cela, beaucoup d'enchaînement, d'ordre et de conséquence ; et c'est une aventure à tout le moins fort admirable et très étrange.

(Entrent Lysandre, Démétrius, Hermia et Hélène.)

THÉSÉE. — Hé ! Voici nos amants qui viennent, pleins de joie. Beaux amis, que la joie et l'amour habitent longtemps dans vos cœurs !

LYSANDRE. — Que le bonheur avant quiconque, aimable prince, vous suive partout, attentif à vous conduire en vos royales promenades, à vous servir à votre table, à veiller à votre chevet !

THÉSÉE. — Et maintenant, venez ! Quels masques, quels ballets aurons-nous pour tuer le temps de tout ce siècle de trois heures, qui sépare le souper du moment d'aller nous mettre au lit. Où donc est l'intendant ordinaire des fêtes ? Quels divertissements nous a-t-on préparés ? N'en sait-on pas qui soient capables d'apaiser pour un temps notre fièvre, en ces heures où nous tourmente le désir tendre et cruel. Appelez Philostrate.

PHILOSTRATE. — Votre serviteur est ici, puissant Thésée.

THÉSÉE. — Dis, quels amusements nous donne-t-on ce soir ? Quels masques avons-nous ? quelle musique ? Comment hâterons-nous les heures fainéantes, si l'on ne trouve un passe-temps pour nous distraire ?

PHILOSTRATE. — Des divertissements qui sont prêts, votre Altesse, sur cette liste, peut choisir celui qu'elle préfère.

(Philostrate remet à Thésée un papier.)

THÉSÉE, *lisant.* — *Le combat des Centaures, chanté par un eunuque athénien, avec l'accompagnement de la harpe.* Point d'eunuques, ce soir ; et, même pour l'honneur d'Hercule, mon parent, point de harpe ni de Centaures ; d'ailleurs, j'ai déjà conté leur défaite à mes amours. *(Lisant,) La furie des Bacchantes ivres déchirant le chantre de Thrace.* Le thème en est vieilli, et le spectacle m'en fut déjà donné quand je revins de Thèbes, lors des fêtes de ma dernière victoire. *Les neuf muses pleurant la mort de la science* **morte** *de misère.* Ouais, c'est quelque satire encore, âpre, mordante, dont la causticité n'est point de mise ici, le jour où nous y célébrons nos noces. *(Lisant encore.) Scène brève, mais ennuyeuse, de l'éphèbe Pyrame avec sa maîtresse Thisbé. Joyeuseté tragique.* Joyeuse, mais tragique ? Brève, mais ennuyeuse ? C'est comme qui dirait de la neige en fusion, de la glace brûlante ? Comment accordez-vous ces contradictions ?

Philostrate. — Seigneur, c'est une comédie qui ne s'allonge point au delà de cent mots et jamais, je m'assure, on n'en fit de plus courte ; mais avec ces cent mots, qui sont cent mots de trop, c'est le chef-d'œuvre de l'ennui : nul mot n'y est mis en sa place, aucun acteur n'y feint au vrai son personnage. Pour tragique, l'ouvrage l'est, car Pyrame se tue à la fin de la pièce. Et, je dois l'avouer, quand je l'ai vu répéter cette mort, son action a fait mes yeux se fondre en eau : mais c'est d'avoir trop ri qu'il m'a fallu pleurer et jamais, je le jure, on n'aura pleuré tant à force d'avoir ri.

Thésée. — Et qui paraît dans cette comédie ?

Philostrate. — Oh ! de petites gens d'Athènes, monseigneur, des ouvriers d'ici aux battoirs pleins de calles, et qui n'avaient jamais travaillé que des bras. Ils se sont avisés de s'abrutir à faire entrer dans leur mémoire inexercée cette grotesque rhapsodie dont ils pensaient vous régaler ce soir.

Thésée. — Hé bien ! nous l'entendrons.

Philostrate. — Vous n'y pensez pas, monseigneur ! Ce n'est point un ouvrage à vous être montré. Je l'ai vu tout entier : c'est au-dessous du rien, mais au-dessous du dernier rien, je vous assure. Non, vous ne le pourrez supporter. A moins que vous soyez touché, voyant la peine qu'ils se donnent, quels grands efforts ils font et maladroits et vains, et que vous les jugiez sur leurs intentions, qui sont de plaire à Votre Altesse.

Thésée. — Oui, je veux entendre leur pièce, car je ne verrai jamais rien de ridicule aux témoignages les plus humbles que nous rendent la simplesse de cœur et le respect sincère. Allons, faites entrer nos comédiens ; daignez prendre place, mesdames.

(Sort Philostrate.)

Hippolyte. — J'ai chagrin de penser que de bien braves

gens, qui tentent pour nous plaire un malheureux effort, pourraient voir un affront récompenser leur zèle.

THÉSÉE. — Mais, douce chère, vous ne verrez rien de semblable !

HIPPOLYTE. — N'a-t-il pas dit qu'ils sont tout à fait incapables de se tirer d'affaire ?

THÉSÉE. — Nous n'en aurons que plus de générosité, si nous les remercions pour rien. Nous nous serons donné le plaisir délicat de suppléer nous-mêmes à leur insuffisance, en essayant de bien comprendre même ce qu'ils auront plus mal interprété ; et quand le pauvre effort avorte, qui part d'une vraie bonne volonté, un cœur capable de noblesse et d'indulgence doit pouvoir en juger, non sur le résultat, mais sur l'intention que trahit sa faiblesse. Partout où je vais, de grands clercs viennent me souhaiter la bienvenue en des discours longtemps étudiés. Et j'en ai vu souvent se troubler et pâlir, et la timidité dans leur gorge serrée paralysait leur voix formée à l'éloquence : ils restaient court au beau milieu de leur beau compliment. Le croirez-vous, ma douce amie ? Dans leur silence, je trouvais le meilleur souhait de bienvenue et tant de modestie et tant d'humble respect en disent beaucoup plus que ces bruyants discours où se plaît des rhéteurs l'audace impertinente. La vraie affection, en gardant le silence, et la simplicité dont la langue est nouée, s'expriment à mon gré et mon cœur les entend.

(Rentre Philostrate.)

PHILOSTRATE. — S'il plaît à Votre Grâce l'écouter, le Prologue est prêt à paraître.

THÉSÉE. — Ecoutons le Prologue.

(Fanfare et trompettes. Le Prologue paraît.)

LE PROLOGUE.

Que si nous avons le malheur
De vous déplaire ou de vous offenser
Nos intentions sont honnêtes qu'on se le dise [1]
Et vous devez penser
Que ce n'est pas pour le plaisir de vous déplaire,
Mais simplement pour vous montrer [1]
Que nous avons beaucoup de bonne volonté [1]
Avec possible un petit peu de savoir-faire
Et c'est à cette fin que l'on va commencer [1]

---

[1] Le Prologue va d'un trait jusqu'au bout de son souffle, sans tenir compte de la ponctuation.

Dites-vous bien que si l'on pensait vous déplaire
Nous qui sommes ici tous pour vous amuser
Ne serions pas venus [1]
Vous faire regretter d'être venus
Voilà tout ce qu'on a voulu [2]
Serions-nous donc ici, je vous demande un peu [2]
Pour vous en faire repentir
Tous les acteurs sont prêts dans la coulisse [2]
Et vous saurez en les voyant jouer
Tout ce qu'il faut que vous sachiez.

THÉSÉE. — Voilà un gas qui en use cavalièrement avec les temps du discours !

LYSANDRE. — Il a mené son prologue à fond de train ou, plutôt, c'est son prologue qui l'a conduit, comme un étalon rétif qu'on ne peut refréner. Cet acteur ne connaît point qu'il faut des arrêts dans la diction. La moralité de son discours n'est pas mauvaise, monseigneur : il ne s'agit point tant de parler que de parler à bon escient.

HIPPOLYTE. — Il a joué de son prologue comme un gamin d'une flûte : il en tire des sons qu'il ne sait accorder.

THÉSÉE. — Oui, son discours faisait assez l'effet d'une chaîne aux mille anneaux emmêlés ; il n'y manquait rien, en somme, et tout y était brouillé et confondu. A qui le tour ?

(Pantomime sur la scène. Entrée de PYRAME *et de* THISBÉ,
de la MURAILLE, *du* CLAIR DE LUNE *et du* LION.)

LE PROLOGUE :

Possible, Dames et Seigneurs,
Que ce spectacle vous étonne?
Hé bien, étonnez-vous.
Jusqu'à ce que la vérité
Vous rende toutes choses claires.
Voici Pyrame, si vous tenez à le connaître,
Et cette belle dame est Thisbé, c'est certain.
Avec sa chaux et son crépi,
Celui-ci représente la Muraille,
L'odieuse muraille entre nos deux amants,
Qui sont encore tout contents,

---

[1] Le Prologue, en respirant à cet endroit, ajoute à la confusion de son texte, rare déjà par l'absurdité, puisque ce temps malheureux lui fait exprimer tout juste le contraire de ce qu'il devait dire.

[2] Le Prologue va d'un trait jusqu'au bout de son souffle, sans tenir compte de la ponctuation.

Les pauvrets, de pouvoir échanger par sa fente
Des murmures d'amour ; et c'est bien naturel.
L'homme au fagot d'épines,
Avec sa lanterne et son chien,
Représente le clair de lune : il faut vous dire
Que nos jeunes amants ne voient point de malice
À s'en venir ici, près de la tombe de Ninon,
Faire l'amour au clair de lune.
Cette bête effroyable, on la nomme un lion,
Fit que la confiante Thisbé,
Arrivée la première au rendez-vous nocturne,
Ficha le camp, ou plutôt : eut grand'peur.
Comme elle se sauvait, son manteau l'a quittée,
Que le lion tacha de sa gueule cruelle.
Mais Pyrame survient,
Un bien beau jeune homme, ma foi, grand et vermeil,
Qui trouve assassiné par terre, tout sanglant,
Le manteau neuf de sa fidèle amante.
Pyrame alors de son épée,
De sa vieille garce d'épée,
Embroche bravement son brave cœur,
D'où gicle à gros bouillons son brave et digne sang !
Thisbé, qui l'attendait à l'ombre d'un mûrier,
Tire son poignard et s'en frappe,
Et Thisbé meurt. Pour le reste, le clair de lune,
Le lion, la muraille et les amants,
Vont vous le dire sur la scène
Avec toute l'ampleur imaginable !

(Sortent le Prologue, Thisbé, le Lion *et le* Clair de Lune.*)*

Thésée. — Je me demande si le lion va parler.

Démétrius. — Quant à moi, monseigneur, je ne vois pas pourquoi, quand tant d'ânes parlent, le lion devrait se taire !

La Muraille. — Dans ce même intermède, il se trouve que moi, qui m'appelle Niflet, je représente une muraille. Et je voudrais vous faire entendre que c'est une muraille où il y a une crevasse, oui, enfin, une fente, à travers quoi Pyrame et Thisbé, les amants, se soufflent leurs petits secrets. Ce plâtre, ce mortier, cette pierre font voir que je suis au vrai cette muraille même. Et c'est à travers cette fente[1] que bavardent nos deux amants : et l'un est à ma gauche, et l'autre est à ma droite.

Thésée. — Auriez-vous cru qu'un tas de mortier et de bourre pût s'exprimer avec tant d'éloquence ?

---

[1] Il écarte deux doigts.

Démétrius. — Il est vrai, monseigneur, et comme l'on ne peut nier que de certains murs n'aient des oreilles, et de fort bonnes, il faut aussi concéder à ce mur-ci qu'il discourt de la meilleure grâce.

(Entre Pyrame.)

Thésée. — Chut ! Voici Pyrame qui s'approche de la muraille.

Pyrame :

> *O nuit, au front chagrin, ô triste nuit,*
> *Nuit dont le teint mêle l'encre à la suie,*
> *O nuit qui toujours viens lorsque le jour s'en va,*
> *O nuit. ô nuit, ô nuit ! je crains, hélas ! hélas ! hélas !*
> *Que ma Thisbé n'oublie à présent sa promesse.*
> *O toi, Muraille, aimable et douce, qui te tiens*
> *Debout entre les jardins de son père*
> *Et les terres du mien*
> *Montre-moi donc ton trou, que je guigne à travers.*

(Le personnage de la muraille écarte les doigts.)

> *Merci, Muraille bienveillante,*
> *Pour l'office que je te dois !*
> *Que Jupiter te garde et te soutienne !*
> *Mais qu'est-ce que je vois? Je ne vois pas Thisbé.*
> *Muraille misérable et sourde à ma prière,*
> *Elle veut me cacher le bonheur de mes yeux !*
> *Hé! que le diable vous disperse, vieilles pierres,*
> *Qui trompez mon attente et décevez mes vœux !*

Thésée. — M'est avis que la muraille, puisqu'elle est sensible, devrait lui répondre vertement.

Mesfesses. — Hé non, monseigneur ! c'est ce qu'il ne faut pas. *Qui trompez mon attente et décevez mes vœux* enchaîne la réplique de Thisbé. Elle entre, et je l'aperçois par la fente du mur. Vous allez voir que ça va se passer comme je vous dis. Voyez ! Voici Thisbé.

(Entre Thisbé.)

Thisbé :

> *Tu m'entendis souvent lamenter, ô Muraille,*
> *Qui me sépares de Pyrame, mes amours !*
> *Muraille de ciment, de mortier et de bourre,*
> *Dont mes lèvres souvent baisèrent la pierraille.*

Pyrame :

> *Je distingue une voix! courons à cette fente ;*
> *Ah! vois-je, ouïs-je enfin*
> *De ma Thisbé le doux visage? Ma Thisbé !*

THISBÉ :
Mon amour, si c'est toi... m'abusé-je?

PYRAME :
Use et abuse, ma Thisbé.
Je suis ton gracieux amant,
Comme Limandre, à tout jamais, fidèle et tendre.

THÉSÉE. — C'est Léandre qu'il veut dire, sans doute.
THISBÉ :
Et comme Hélène, moi, je veux t'être fidèle,
O mon Pyrame et si tendre et si beau,
Jusqu'à ce que le sort me couche en mon tombeau.

PYRAME :
Shafale ne fut point à Procrus si fidèle,

THISBÉ :
Je te serai fidèle, ô mon Pyrame,
Autant que Shafale à Procrus.

HIPPOLYTE. — Comment, *Shafale, Procrus* ?
DÉMÉTRIUS. — Il veut parler de Procris et de Céphale.
PYRAME :
Oh! baise-moi, baise-moi par le trou
De cette muraille maudite.

THISBÉ :
Hélas! oui, je baise ce trou:
Ce n'est point ta bouche du tout.

PYRAME :
Veux-tu venir me joindre tout à l'heure
Près de la tombe de Ninette?

THISBÉ :
Ah! que je vive ou que je meure,
Je veux t'y joindre, ô mon Pyrame: allons!

LA MURAILLE. — J'ai fini, quant à moi, la Muraille ayant
rempli mon rôle ; son rôle étant rempli, la Muraille s'en va.

(Sortent LA MURAILLE, PYRAME et THISBÉ.)

THÉSÉE. — Hé bien ! Voilà la muraille par terre, qui séparait les deux domaines.
DÉMÉTRIUS. — Qu'y faire, monseigneur, dans le cas de
murailles bâties de cette sorte : vite élevées, elles sont vite
abattues.

Hippolyte. — C'est bien la pire sottise que j'aie jamais entendue.

Thésée. — Dans ce genre d'écrire, les meilleurs ouvrages ne sont guère que prestiges et cette sorte de théâtre est un art d'illusions ; les pires pièces n'y sont pas les plus déplaisantes, pour peu que l'imagination du spectateur sache les embellir.

Hippolyte. — Mais, alors, c'est votre imagination qui les crée et les auteurs n'y ont point de mérite.

Thésée. — Bon ! Si notre imagination sait nous montrer ces gens ce qu'ils se voient eux-mêmes, ils peuvent passer pour des artistes consommés. Mais voici venir deux fiers animaux : une lune et un lion.

(Entrent Le Clair de lune *et* Le Lion.*)*

Le Lion. — Mesdames au doux cœur prompt à s'effaroucher pour peu qu'un petit monstre de souris passe en trottant menu sur le plancher ! Il se pourrait que votre cœur frémît et que vous prissiez peur en entendant le lion furieux rugir avec férocité. Il faut donc que je vous dise que le lion, c'est moi ; mais je m'appelle Mignon, je suis menuisier, je n'ai rien d'un lion, et rien non plus d'une lionne. Et je sais bien que si je m'avisais d'entrer céans de l'air d'un lion qui part en guerre, c'en serait bientôt fait de ma vie et de moi.

Thésée. — Voilà une brave bête, bien sage, bien honnête.

Démétrius. — C'est sans doute de beaucoup la plus sage et la plus honnête que j'aie vue !

Lysandre. — Ce lion est un vrai renard pour le courage.

Thésée. — Certes, mais c'est une oie pour la prudence.

Démétrius. — Voire, monseigneur ! Ces propositions ne sont pas conciliables : son courage ne peut entraîner prudence ; et voyez au contraire comme un renard sait entraîner une oie !

Thésée. — Et sa prudence, je m'assure, ne saurait enlever son courage, car on n'a jamais vu les oies enlever les renards. Voilà qui va des mieux. Laissons-les, sa prudence et lui, pour écouter la lune.

Le Clair de Lune. — Ma lanterne figure une lune cornue.

Démétrius. — Hé ! que ne porte-t-il ses cornes sur sa tête !

Thésée. — Ce n'est point un croissant, c'est une pleine lune. Il est naturel qu'on ne voie pas ses cornes.

Le Clair de Lune. — Ma lanterne figure une lune cornue; et je suis l'homme qui a l'air d'être dans la lune.

Thésée. — Aïe ! voilà la grande erreur du spectacle : il aurait dû se fourrer dans sa lanterne ; autrement, comment voulez-vous qu'il ait l'air de l'homme qui est dans la lune ?

Démétrius. — Il n'ose pas entrer à cause de la chandelle ; il sait que l'on se brûle à la vouloir tenir.

Hyppolite. — Je suis lasse de cette lune-là : je souhaiterais qu'elle changeât.

Thésée. — Il paraît bien, à voir comme la lumière en est discrète, qu'elle décline. Mais l'honnêteté et la raison exigent que nous lui en donnions le temps.

Lysandre. — Va, lune, continue.

Le Clair de Lune. — Tout ce que j'ai à vous dire, c'est que cette lanterne est la lune ; que moi, je suis l'homme dans la lune ; que le fagot est mon fagot, et que ce chien, c'est mon chien.

Démétrius. — Et l'on devrait voir tout cela dans la lanterne, puisque tout cela est dans la lune. Mais chut ! Voici Thisbé.

Thisbé :

> *Voici la tombe de Ninon.*
> *Où donc m'attendent mes amours ?*

> *(Paraît Thisbé.)*

Le Lion *rugit:* Ho !

> *(Thisbé se sauve à toutes jambes.)*

Démétrius. — Bravo, lion ! voilà qui est rugir !

Thésée. — Bravo, Thisbé ! voilà qui est courir !

Hippolyte. — Bravo, la lune ! Elle luit à présent de bien meilleure grâce.

> *(Le lion déchire le manteau de Thisbé et se retire.)*

Thésée. — Hé bien ! Ce lion s'entend à merveille à déchirer les manteaux.

Démétrius. — Pyrame alors de revenir...

Lysandre. — La lune de s'évanouir...

Pyrame :

> *Douce lune, merci pour ces rayons solaires ;*
> *Merci d'être à mes yeux et si ronde et si claire :*
> *A la faveur des flots et brillants et dorés*
> *Que tu veux bien, ce soir, répandre sur le monde,*
> *J'espère, ô lune claire, ô lune ronde !*
> *Bien régaler mes yeux des appâts de Thisbé.*
> *Mais halte-là ! Malheur ! Quoi? quoi !*
> *Que vois-je? Qu'est-ce?*
> *Quel est cet objet de douleur,*
> *Quel est cet objet de détresse?*

Vas-y voir de plus près, paladin malheureux !
L'avez-vous vu, mes yeux ?
Savez-vous comment il se peut ?...
O ma Poule adorée, ô ma chère chérie,
C'est ton beau manteau neuf,
Et c'est du sang sur ton manteau !
A moi, furies furieuses !
A moi, destins brutaux !
Ah ! Vous avez coupé le fil de mes amours !
Venez donc rompre aussi la chaîne de mes jours.
Allez ! venez ! cognez ! cassez tout ! finissez !

Thésée. — Une frénésie pareille et la mort de son amie bien chère, il y a presque là de quoi vous faire l'âme triste.

Hippolyte. — Peste soit de mon cœur, je crois que je sens de la pitié pour lui.

Pyrame :

Qu'avais-tu donc besoin, ô barbare Nature,
D'engendrer des lions ? Puisque ce vil lion
Devait dépuceler ici cette âme pure,
Mon amour et ma passion,
Mon amante qui est la plus belle... non... non !
Qui fut, hélas ! la plus belle des belles,
Qui aient vécu, qui aient aimé,
Qui aient senti de l'amitié,
Dont les regards aient rayonné !
Venez, larmes, venez fondre mes sens en eau ;
Toi mon glaive, hors le fourreau,
Fais ton devoir, perce et blesse la mamme
De ce trop malheureux Pyrame,
Eh oui ! là, sous la mamme,
A gauche, pas plus bas et pas plus haut,
Juste où le cœur va son petit galop ;

(Il se frappe de son épée.)

Voici, voici, la mort approche,
Je vais mourir, je meurs, ouf ! je suis mort.
Oui, je suis mort et j'ai quitté la terre,
Et ma langue a quitté le séjour de lumière,
Et mon âme est au Ciel, ô lune, prends ton vol ;
Car, à présent je meurs et je suis décédé.

(Il meurt, sort le Clair de Lune.)

Démétrius. — Que parle-t-il de ses dés ? Quant à lui, c'est un as : voyez-vous pas qu'il reste tout seul ?

Lysandre. — C'est moins qu'un as, ami : ce n'est plus rien, du moment qu'il est mort.

Thésée. — Avec le concours d'un chirurgien, il pourrait en revenir et montrer qu'en fait d'as, il est d'espèce asine.

Hippolyte. — Comment se fait-il que le clair de lune s'en soit allé avant que Thisbé revienne et trouve mort son amant ?

Thésée. — Thisbé va le trouver à la clarté des étoiles. La voici qui paraît : sa douleur fait la chute du drame.

(Entre Thisbé.)

Hippolyte. — Il me semble qu'elle devrait être bien vite consolée d'avoir perdu un Pyrame comme celui-ci ! Cette douleur sera brève, j'espère.

Démétrius. — Un fétu ferait pencher la balance où l'on voudrait peser les mérites de ce Pyrame contre ceux de cette Thisbé : ces deux cabotins sont exactement aussi mauvais l'un que l'autre, et l'on n'en saurait rencontrer de pires.

Lysandre. — La voilà qui l'a vu, vu, de ses beaux yeux vu.

Démétrius. — Elle va gémir, tenez-vous bien !

Thisbé :

Mon petit amour dort?
Quoi, mon chou chéri ! Mort?
Lève-toi, lève-toi, Pyrame ;
Parle, dis un mot à ta femme...
Non? Sa bouche est muette, hélas ! à tout jamais.
Pyrame est mort. Pyrame est mort !
Ah ! faut-il que ta tombe enferme à tout jamais, hélas !
Ces petits yeux jolis,
Ces lèvres blanches comme lys,
Ce beau petit nez vermeillet,
Ces joues dont l'or faisait envie aux primevères ;
Toute cette beauté, si riante, naguère !
Pyrame est mort, Pyrame n'est donc plus !
Ah ! gémissez, amants, sur ce doux camarade !
Que j'aimais donc ses beaux yeux vert salade !
Et vous, vous, les trois sœurs fatales,
Venez à moi, venez, avec vos mains de lait
Et, ces mains pâles,
Lavez-les dans son sang,
Car vous avez coupé de vos ciseaux
Le fil de sa vie, et ce fil était de soie.
Ma langue, tais-toi, toi !
Viens donc, lame fidèle,
Viens et te plonge dans mon sein.

(Elle se frappe au cœur.)

Et adieu, mes amis, adieu.
De la pauvre Thisbé, voici la triste fin.
Adieu, adieu, adieu !

(Elle meurt.)

Thésée. — Et voilà. Le lion et le clair de lune sont bons pour enterrer les cadavres !

Démétrius. — Oui, la Muraille aussi.

Mesfesses. — Non, je vous assure que non. La Muraille qui séparait leurs pères est à bas. Vous plaît-il voir l'épilogue, ou bien entendre une danse bergamasque, exécutée par deux acteurs de notre compagnie ?

Thésée. — Point d'épilogue, je vous prie : votre pièce peut se passer d'apologie. Ne vous excusez point : tous les acteurs sont morts, il n'y a plus personne à blâmer. Mais, pardieu ! si celui qui a écrit la pièce avait paru dans le personnage de Pyrame et se fût à la fin pendu avec la jarretelle de Thisbé, ç'aurait été un monument du Théâtre tragique. Allez, c'est déjà fort bien ainsi, et les tragédiens sont tout à fait à la hauteur de ce noble ouvrage. Laissons-là votre épilogue et voyons la bergamasque. *(Danse de clowns.)* Minuit, de sa langue de fer, a lancé douze appels. Au lit, mes beaux amants ; voici venir le temps où le monde est aux fées. Et je crois fort qu'il va falloir, demain matin, rendre au sommeil ce que nous lui prenons ce soir. Toujours est-il que cette grosse farce n'a pas laissé de tromper pour nos sens les lenteurs de la veille. Au lit, mes doux amis : de quinze jours nous n'allons faire autre chose que noce, nous donner chaque soir quelque nouveau plaisir et penser constamment à nous bien divertir.

(Tout le monde sort.)

Scène II.

(Entre Robin Bon-Enfant.)

Robin. — Voici l'heure où la faim fait rugir le lion, l'heure où le loup maigre aboie à la lune, tandis que le lourd laboureur, éreinté, dort sans rêve et ronfle ; l'heure où, dans l'âtre noir, on ne voit plus arder qu'un peu de braise rose ; et la chouette, en hululant sa plainte haute, évoque au malheureux qui souffre, qui se meurt, sans dormir un moment sur son lit de douleur, la tombe prête et le suaire qui l'attendent. Maintenant, c'est maintenant l'heure où, de chaque tombeau qui tout grand s'est ouvert, surgit le spectre qui l'habite ; et les spectres s'en vont rôder par les chemins qui mènent à l'église. Pour nous, les lutins et les fées, qui faisons escorte au char de la triple Hécate, et qui peuplons la nuit amie avec les songes, voici pour nous l'heure de prendre nos ébats, hors le règne du jour et sauvés du soleil. Nous ne permettrons pas qu'une souris trouble la paix de la demeure nuptiale. Et, quant à moi, j'arrive avant les autres et viens chasser, de ce balai, les poussières au seuil auguste du palais. *(Entrent* OBÉRON, TITANIA, *avec leurs suites).*

OBÉRON. — Faites régner dans ce palais nocturne une incertaine et charmante lueur, comme d'un feu paisible qui se meurt. Petits génies, petites fées, sautez tous et toutes ensemble, sautez en cadence, légers comme l'oiseau quand il quitte une branche. Chantez après moi le couplet et veillez à danser, d'un pied prompt, en mesure.

TITANIA. — Redites d'abord le couplet par cœur, faites bien chanter toutes les syllabes, puis, nous nous prendrons toutes par la main et, fées légères que nous sommes, toutes à la fois nous le chanterons ; toutes à la fois, nous appellerons le bonheur d'en haut sur cette maison. *(Chants et danses.)*

OBÉRON. — Et maintenant, jusques au point du jour, que chaque esprit veille dans le palais. *(A Titania.)* Nous allons, quant à nous, au chevet de la plus noble des trois couches nuptiales, pour la bénir. Et toute la postérité qui va s'y engendrer sera bénie à tout jamais. L'amour le plus constant ne cessera d'unir les couples qu'il unit à présent sous ce toit, et les erreurs de la main de Nature ne les atteindront point dans leurs enfants, ni leurs enfants dans leurs enfants. On ne verra jamais en leurs familles ni bec de lièvre, ni cicatrice, ni ces signes dont un hasard mauvais attriste souvent les naissances. Allez, fées, et dispersez-vous ; et que chacune aille répandre en chaque chambre cette rosée des champs, que voici consacrée, pour appeler partout et la paix et la grâce. Que le maître de ce palais soit à jamais béni et protégé du ciel. Allons, toutes et tous, partons sans plus tarder, et revenez ici me joindre au point du jour.

*(*OBÉRON *et* TITANIA *sortent avec leur suite.)*

ROBIN. — Si les petites ombres que nous sommes n'ont point su vous plaire, ce soir, dites-vous, pour nous pardonner, que vous avez ici dormi, qu'en dormant vous avez songé, et que des visions ont peuplé votre songe. O bénévoles spectateurs, le thème de la pièce est, certes, des plus vains, et l'œuvre bien fragile qui ne vous présente qu'un songe. Mais, si vous pardonnez, nous nous amenderons. Aussi vrai que je suis Robin, et un lutin honnête, si nous avons cette fois-ci le privilège — Dieu sait que nous l'aurons peu mérité ! — de n'être point trop éreintés, une autre fois nous saurons mériter bien mieux votre indulgence ; ou vous pourrez alors m'appeler un menteur. Et maintenant, adieu ! Bonne nuit à vous tous. Si nous sommes amis, menez bon bruit de mains. Robin, dans l'avenir, fera tout pour vous plaire !

Rideau.

Fin.

Cette pièce a été représentée pour la première fois au théâtre de la Comédie, à Genève, le 14 mars 1923.

Direction: Fournier.

Décors de Molina.

Costumes de Benjamin Vautier.

*Achevé d'imprimer pour les éditions A. Ciana,
à Genève, le 12 mars 1923, par l'Imprimerie La Concorde, à Lausanne.
Cette pièce a paru dans* La Semaine Littéraire.

9 782329 211619